翡翠山河

田娟 著

版 武汉出版社

图书在版编目（CIP）数据

翡翠山河 / 田娟著 . -- 武汉 : 武汉出版社，2024.
11. -- ISBN 978-7-5582-7183-0

Ⅰ . I227

中国国家版本馆 CIP 数据核字第 2024FD6625 号

翡翠山河

著　　者：田　娟

责任编辑：赵　可

策　　划：陈景丽

封面插画：田　娟

装帧设计：星辰文化

出　　版：武汉出版社

社　　址：武汉市江岸区兴业路 136 号　邮　编：430014

电　　话：（027）85606403　85600625

http://www.whcbs.com　　E-mail:zbs@whcbs.com

印　　刷：武汉鑫佳捷印务有限公司　　经销：新华书店

开　　本：880mm×1230mm　1/32

印　　张：9　　字数：185 千字

版　　次：2025 年 1 月第 1 版　　2025 年 1 月第 1 次印刷

定　　价：88.00 元

用诗意装点感性世界的茫茫大千

　　每个人，都有一片属于自己的感性世界。智慧生命诞生之初，首先映入眼帘的，是大量的光与颜色。这些五光十色，就是人们构筑感性世界的基本要素，让人激动、愉悦、温馨、遐想、追寻、企盼，以及愤怒、失落、厌弃与悲伤。如同初生婴孩牙牙学语、蹒跚学步，光与颜色的组合渐渐立体化、形象化，所有的浮光掠影，终能演化出丰富多彩的感性世界，而文学创作，则是将人感性世界里的物象通过提炼和加工，锻造出人类精神的最佳程序。简而言之，文学，就是用诗意装点感性世界的茫茫大千，让喜怒爱憎的宣泄，通过文字折射到人的精神领域，用美的构想将客观世界升格为我们所需要的理想境界。

　　笔者从事文学写作的时间已半个世纪。一方面，在物质与精神的优化组合中，深深地理解与洞察并诗意地描绘过耳闻目睹的社会人生；另一方面，也见识到若干智慧生命在诞生与成长的过程中，是如何构筑他们的感性世界，并步入文学艺术领域，让天地间的大美声情并茂，为人类精神宝库不断地充实财富。

　　2024年早春，我细心翻阅了田娟诗作结集《翡翠山河》，诗中所描写的场景皆为我所熟识。但作为21世纪新生代的视觉和情怀，也有我所不及的热切与浪漫、细腻与精当。青年诗人田娟是我同乡挚友的女儿，又与我的女儿潇潇同庚，其成长轨迹完全为我所熟知。勤奋好学，事业有成，可以说是我子侄辈中自强不息、奋发有为的佼佼者之一。

《翡翠山河》诗集的名称，其具体含义，即可概括为用诗意装点感性世界的茫茫大千。"山河"是指代诗人周边的大千世界即客观物象；"翡翠"是用比拟手法表达诗人对客体的主观评述。作者巧借"翡翠"这类精美玉石的雅称，来言说自己主观感知里的浩繁世界与广袤人生，其思之深、爱之切，类比之形象，堪称力透纸背，动人衷肠。

诗集《翡翠山河》共分五辑，录诗两百余首。从辑目来看，《见山见水》《回望古城》与《沃土家园》，主要从彩绘作者所熟知的天地万象入手，揭示自然生态的奇美与人文建筑的恢宏。诗行中，既有对清江、贡水、大峡谷、大龙潭、朝东岩、黄金洞、子母潭、鹿院坪、蝴蝶崖、土司城等中国鄂西南实景的诗意捕捉，又有对星月、高山、云雨、冰雪、花卉、树木、虫鸟，以及各类物产等自然形态的艺术重构。其实，这一切都属于诗人感性世界里的"五光十色"。人们常说，诗歌是形象思维的结晶，是客观载体与诗人主观思维和谐共融的产物。现试图撷取诗篇中的部分诗句，来评述诗人是如何借用"五光十色"将喜怒哀乐形象化，或者说，将物质世界精神化的。

诗集首章亦名《翡翠山河》，诗人如此吟唱："我一次次想把心里的山推倒／把清江的水倒给你／如倒给你一碗油茶汤／我一次次想把早晨的露吾给你／如给你斟一口苞谷酿的酒"；"我爱你，不把爱当作筹码／我愿以珍稀之物为酬／比如山河，比如虎啸／恩施，这个名字／我用全身的血滋养／我要你／也用心里全部的爱意包裹她"。由此可见，客观世界，如诗中的恩施等，只有借助爱的附丽，才能鲜活多情，才能意境酣畅。"清江有母性的骄傲／以自己的方式奔跑／绝世的容颜／从洪荒走向遥远／水，那么温柔而倔强／注定要做山的裙脚／用翠绿的呼吸唤醒春天／清澈的眼眸一闪／把峡谷的伟岸和神秘／装进幽幽的水底，独自经营／隔着千年的轮回／悉数着与山重逢的往事／氤氲的水汽／珍藏着迷人的影子／清江岸边／盛开着朵朵／盐水女神的微笑"（《梦的恩施大峡谷》）；"在雄浑的荆南／那场离别的火光熊熊／在眼底，在心里／在三街十八巷／在残破的断垣／土司忠毅，血凝成霞／一如天际的残阳／成就唐崖河经年的夕照／耕读和守护／缨枪与战马／寂静的魂灵／淹没于起落的尘埃"（《唐崖遗梦》）

诗行间，清江、峡谷、倒影、古城的街巷、残破的断垣、唐崖河乃至寂静的魂灵、起落的尘埃等，均在时空内人格化地奔来走去，山水自然、人文图景，包括微观领域的花卉草木，早已过往的物质文化及其遗存，无不涵盖着历史的深邃茫远以及故人往事的忧患和遗憾。天地万象，如果没有"清澈的眼眸一闪"，没有主观的"悉数"，没有吟咏者能动性地用"眼底""心里"来关照，无论是横向的空间美，还是纵向的时间美，均会陷入不可知的迷茫与混沌。因此，若世界缺乏感性，历史缺乏沉思，客观物体就谈不上任何存在或者曾经存在过的意义。诗歌等文学作品的魅力，正是在于通过人格化的比拟，让物质世界迸发出强劲活力，并让过往的历史人事再度呈现出勃勃生机。我的诗人朋友谢克强先生曾经说过，凡天下绝景，多是诗人发现后再被他们通过诗作推介出来的，我亦信然。

《女儿会》一辑，则主要借助民族地域风情来礼赞特殊时空内的民族心性，揭示人之所以为人的人文基因，并通过图解风情来追溯人类历史的深邃与茫远。"时间的卷轴里／裹着一场盛大的聚会／线轴打开，回到石灰窑／土家女儿会人声鼎沸／一个民族打开自己／就像一个女儿遇见如意郎……"（《女儿会之殇》）。我特别留意到"一个民族打开自己／就像一个女儿遇见如意郎"这类诗意的表达，可以说是将不朽的文化赋予了丰满的血肉与内在的灵气。再如《像白虎昂起头颅仰望太阳》中的诗句："环抱着一堆篝火生活／想想那时候还是一支火把／他们举着，在茫茫山林中寻找出路／在这块土地上落脚／收集灰烬造就一方良田／造瓦建房繁衍生息／火把不熄灭照亮来时的路／引燃一堆篝火跳摆手舞／耕种、收获和生活的仪式感／都以围火舞蹈的形式镌刻／点点星辰跌入一个民族／像白虎昂起头颅仰望太阳／我们心里环抱着一堆篝火"。我能感觉到，诗题"像白虎昂起头颅仰望太阳"的意境，似乎是对我的作品《巴人河》《盐水情殇》的形象概括。与长篇散文、长篇小说相比，诗句的凝练与含蓄，更显得字字千钧。诗中的"火把"与火把引燃的"篝火"，显然代指数千年来，从巴人到土家民族特别的信仰，即传承不息的民族精神；而"摆手舞"，则是土家族用肢体语言向大千世界发出的狂欢呐喊与声声诉求！

《女儿情思》一辑，主要是从"情思"的角度，来表述诗人主观心绪对客观物象的勾隐探微。乾坤博大，宇宙无涯，但如果没有作为感知者的"我"存在，一切都形同虚设。在《旅途中孤独的生命》一诗中，诗人情思如许："每个人都是按点开行的列车／在无尽的远处／终点悬挂在移动的终点／人生终是一场不停歇的孤旅／在路途中的生命／穷其一生向终点奔，带着青春／青春无尽的疑惑，与沸腾的血／赤脚踏过的铁轨／滚烫，映照着朝霞与落日／而身后的路程被青苔收藏／如一页写满挫败与辉煌的私密日记／在大地上向无尽深处／延展"。诗人认定现实人生，就是一段"孤旅"的过程，有起点、有终点，其间的朝霞、落日、铁轨、青苔乃至挫败、辉煌、无尽深处，均由"青春无尽的疑惑，与沸腾的血"来印证，读罢让人不胜缠绵，不胜回味。再读《致亲爱》："我从未对你说起的想念／是明月挂在天空的无言／是深夜的辗转反侧／是隔分隔秒对班级群的翻看／是对有关你信息的打探／我不说想念／因为想念太深／从腹部爬上来的路程太远／是立在脑海的多米诺骨牌／如果推倒，我怕碰翻／藏在那眼窝子后面的盐／对你的想念，我从未说起／但你一定能听见／如同大海从未停歇过的波澜"。诗句中"明月挂在天空的无言""深夜的辗转反侧""立在脑海的多米诺骨牌""藏在那眼窝子后面的盐"等意象，将感性天地的丰富细腻刻画得虚实吻合，栩栩如生，强似一万次关于"想念"的倾诉。而《白露的露正在密谋一场冬天的雪》中，"露珠在草尖踉跄／方寸立足之处飘摇不定／犹如不能回乡的游子／把一颗心托运回乡／空荡荡的身子／在草木间飘摇"。诗人通过露珠转瞬即逝、飘摇不定的生存环境及其"心态"，表现出一种乡愁情怀的淡淡忧郁。总之，"情思"，同样依托于茫茫大千的声光色影，作为女儿情思，更有其独到的细腻、含蓄与深邃。

品读《翡翠山河》的 200 多篇作品，总的感受是其形象化思维基本上趋于成熟。稍嫌不足的是：用材与篇幅多了一点，而对社会人生的挖掘则略显不足。须记取光影迷离、世情变幻，不是所有客观物象和人事均够得上我们注入爱心与诗心，少量作品取材的哲理化深度有待增进，部分心态语言尚须进一步千锤百炼。另外，还可强化一点批判精神，用文艺抨击假恶丑，是对真善美更深层次的守护与企盼。文学理论家告诫我们："选材要严，开掘要深"，我想，这是不是可以作为青年诗人今后向高标挺进的方向呢？

是为感言，亦可为序。

2024 年 3 月 18 日于恩施凉月山墅

（作者邓斌，系中国作家协会会员、中国文艺评论家协会会员、恩施职业技术学院教授、第八届全国少数民族文学"骏马奖"获得者。）

目　录

第一辑　见山见水

第二辑　回望古城

第三辑 女儿会

第四辑　沃土家园

第五辑　女儿情思

土苗两族的密语

这些，如一块满圆的月亮

把全部月光洒向你

这些，都抵不过我爱你

纯粹之爱只需给予而非有所凭借

我爱你，不把爱当作筹码

我愿以珍稀之物为酬

比如山河，比如虎啸

翡翠山河

愿你爱上我

就像你每往前走一步

都在逐渐抵达

我一次次想把心里的山推倒

把清江的水倒给你

如倒给你一碗油茶汤

我一次次想把早晨的露岙给你

如给你斟一口苞谷酿的酒

黑色的土地里，浮动的硒色明亮

而富硒的土壤埋着土豆、地瓜、白玉春

埋着要长出夏天的绿

银环的蚯蚓，当然也有当归、板党

还有需要用情往更深处挖掘的许多事物

中药和毒蛇是你不需要的

然而，这些也并不是我所有

我藏有私房的歌声

百灵、蝉鸣、蛙鼓和蜂蜜

土苗两族的密语

这些，如一块满圆的月亮
把全部月光洒向你
这些，都抵不过我爱你
纯粹之爱只需给予而非有所凭借
我爱你，不把爱当作筹码
我愿以珍稀之物为酬
比如山河，比如虎啸

"恩施"，这个名字
我用全身的血滋养
我要你
也用心里全部的爱意包裹她

硒

恩施的空气是甜的
硒也是，连同"硒"这个字
如同一道施了幸福咒语的密令
你嚼着、咬着或者含着
只要是笑着
就能够念出来

唇打开，微笑，上齿靠近下齿
从腹腔里掏出
轻轻送出一小缕
"xi"
于是，一个字节跳出来
如同怀抱着大象无形的幸福

每一条河都流着碧绿的血

每一条河流都流着碧绿的血
流着一个民族的前世今生
我们以河流为路
我们赤膊行船，水为图腾
我们的船载满星辉
循河流向前
我的民族，带着泥性的白虎
以山为脊背，逐水凿光
种养在山林的日子
放在水里濯洗
被水濯洗过的日子清亮
养在山里的身子，浸在水里濯洗
濯洗过的身子纯洁质朴
土家族啊，这块洞藏的璞玉
青山绿水深处的宝藏
如果只有一条路可以抵达
我的河流一定伸向你
酉水、贡水、溇水、清江水
甚至长江水，我身体所有的水
必定流向你的来路

薄雪下到大峡谷的早晨

一些雪在空中飞

这些雪从远方赶来

想必已经到过石灰窑、太山庙

一路经过大山顶、女儿湖

他们落白朝东岩，落白四维的山

他们站在山顶上，俯瞰这湿润的谷地

他们伸出光脚丫试探盆地的土温

伸出纤手触碰屋顶的黑瓦

他们对这些冒出炊烟的屋顶充满好奇

敬畏，甚至是仰慕

总有一些雪花爱上炊烟，爱上炊烟的雪

以身相许，融化为另外一种炊烟

或者把冰冷的瓦抱白，或者把温暖的瓦打湿

于是，我爱上这样寂冷的时刻

这屋檐下遥望远山的小情致

爱这薄雪的早晨

就如预感到即将有这样一个时刻

有这样一个人

从远方赶来，以身相许

梦的恩施大峡谷

清江有母性的骄傲
以自己的方式奔跑
绝世的容颜
从洪荒走向遥远
水，那么温柔而倔强
注定要做山的裙脚
用翠绿的呼吸唤醒春天
清澈的眼眸一闪
把峡谷的伟岸和神秘
装进幽幽的水底，独自经营
隔着千年的轮回
悉数着与山重逢的往事
氤氲的水汽
珍藏着迷人的影子
清江岸边
盛开着朵朵
盐水女神的微笑

为爱而战的勇士
宁愿把搏斗的声音、脚步

藏在响板溪

也不愿亘古的历史回响

惊动梦一般的身姿

白虎抖着一身的豪气

站立于峡谷的一隅

长啸，变成剑戟的交响

揉捏成巴人的精魂

胀成鲜血的脉搏

重重地流淌

走进峡谷追寻历史的容颜

在水的一方

看见裹纱的女子

熨烫翠绿的山色

给你一个云龙传说

邮寄，或者你来，亲口说与你

如果不是清江上粗犷的号子

就不会惊醒沉睡的峡谷

踏云而来的青龙

吐出一口浓烟

永远定格住人们神圣的图腾

总也走不出缠绕的视线

年复一年

云龙桥的传说

画质一般

光鲜而细腻

穿过大楼门，再穿过小楼门

无论是在升腾还是缭绕

总是让无数精致的文字

凝冻了眼眸

是不是要收藏隔世的目光

才能让宏阔的风景脱颖

有谁送来小楼门的钥匙

有谁打开大楼门的锁

女儿的哭嫁歌

摆手舞，撒叶儿嗬

还是诗人的眼眸

画者的笔墨

我沉醉于二童攻书的专注

那是永远也读不懂的隔世的天机

那是天与地的棋局，智者的对弈

如水一般的心情，举棋、落子

看着人间的烟火

绵延着从无形中升起

只是遇见，就已十分欢喜

这里收藏了世人的感动

如同红盖头里的嫁娘

揣着欢喜入洞房

涌动的情思飞鹰一样

对峡谷深情依偎

太久的漂泊

找到了休憩的家园

我不知等了多久

才等到了与峡谷相会的机缘

那是顶礼的膜拜

经过长久的思念的预谋

清江，你扯一副歌喉

就能唱出勇士的英雄胆

峡谷，你摇一段身姿

就能秀出女子的婀娜

研读大峡谷

只有走进峡谷才会懂得

绝美的怀想在峡谷的峭壁上

生长柔婉的诗情在清江的水纹里

耕耘踏水而来的号角

有人播撒下了空灵的种子

冰清玉洁的遐思

在山色水光的浇灌下

潜滋暗长

峡谷里深埋着沉睡岁月的脸庞

有争斗、死亡与歌

岁月都能将其打磨

浑圆如同卵石

清江的流岚

淘不走巴汉铮铮的铁骨柔情

洗不尽盐工虎胆丹心

做个虔诚的行者

峡谷的褶皱孕育着超脱尘世的养分

作为一个行者

到峡谷洗濯灵魂

清江的流沙淘尽尘嚣

清幽的山光舔舐我的凡心

在风色云霭中，每个膜拜者

出落成佛祖手中永不凋零的花

像渔夫一样

握住山水交错的线

编织属于峡谷的传说

在虚静的结点捕捉

晨光和晚晖

或者撑一只长长的钓竿

垂钓斜阳的影子和穿林而过的排工的号角

做峡谷的歌者

揉一把雾气

扯一帘霞彩

与峡谷耳鬓厮磨

千丈飞瀑

把历史和沉思的块垒

摔成珠玉

砸向行者的前额

捏一把汗

和着山色水气、雾影云岚

揉成绝伦的篇章

峡谷新雨后

峡谷里落雨了，泥沙与污垢落下

入河的部分顺流走远，入泥的部分

层层叠积，归尘、归土各自归去

山始终空着，新雨过后的空，愈发不可填补

哪怕天空的蓝那么厚实，那么密

无穷尽，没有边际

以空落之心买醉

酿酒、酿情绪、酿一颗糖

酿一片白，织白为纱

似有新人相视浅笑

空山里新雨熙熙攘攘相互推搡

挤得浑身冒出云雾

跟随进山问道的人

朝向太阳走去，头顶的白与空

内心有岛屿可引船泊

如同草木，给每一朵云指路

不需要歉意、不要答案，更不需要承诺

他只给一个结果

当云朵再一次雨化

阳光把每一个真身照亮

峡谷望月

披着一身暮色

前方那一弯

是银色的钩镰

刺出我凝望的苦楚

在大峡谷之巅

把仰天长啸砸入谷底

我用绝世的爱恋

换一首恩施土苗的情歌

酿秋色满杯

独醉无味

与青山对酌

看我这一河相思的绿水

连绵不绝波澜壮阔

一如我身旁这绿色的蓬勃

而我挚爱的人

终日揽兔为伴

那信誓旦旦的弓箭

锈迹斑驳古旧剥落

逐日已成为一个传奇

我依然捻着春花秋月的憧憬

坐守大峡谷这峻山丽水

看这炊烟缭绕的村庄

过一回这晨听鸡鸣，暮领牛归

起伏辽阔山长水远的生活

霜华如洗

她或许在嗟叹

滑落在青草丛中低眉的倩影

偏偏要撩拨我化不开的浓愁

守望已成为我的姿势

我是那一尊隔世的化石

她该等我，等我相守终老

此时薄暮满怀

唯有寂寥

所有的弦音都收揽于怀

修整这相思的阵痛

捉一支长笛的曲子

寄给丹桂树旁青瓦屋檐的小轩窗

虔诚地守着她的归路

结来世的宿缘

九月秋风吹向峡谷

风来了，这是恩施大峡谷的常客

它从北面的山脚下翻过山口

之后就在山上跑，在树林里穿来穿去

摸一摸老樟树，又摁下小樟树的头

握住枞树不停摇晃

枞树叶子哗啦啦地掉

它转身看见太阳，于是踢一脚

太阳缓缓滚向山的另一边

它的气势够大，然而却吓不住飞鸟

它那许多可倚仗的借口

不过是因为仰仗了峡谷的宠溺

它骄横，虚张声势

把一些颜色夺走

另外一些颜色又沁出来

我们和秋天一样，欲言又止

山间的草木懂得

"钢铁命令和人间情事一样

温柔可化万物"

峡谷断崖

是风？是雨？还是利剑凌厉

给完整的山以缺口，以切面

多坚韧的山也不抵不住经年累月的风蚀

岁月对谁都未曾手下留情

锈蚀、撕扯、挣扎

鹰翅下的断崖

是一场破碎战事的遗骸

如果隔岸相望是无法按捺的疼

我用眼神搭起一座桥

你越过一条河

与亘古的愁肠奔跑过去

亲吻和拥抱碰撞成滚烫的心跳

成一股磅礴的力

作为一块断崖站起来的荣誉

如同举起右手

对天许下一个坚定的誓言

在峡谷点燃一炷香

非寺庙而焚香

不拜先祖而奉日月山川

恩施大峡谷的一炷香于三叠纪点就

已然焚过了千秋岁月

在一根石笋里重塑金身

扎根大地的，也擎指苍天

与上苍对视，或者私语

这曾是巴祖用心打磨的柳叶剑

在阳光或者月色里磨

就容易锋利

一柄开疆拓土的圣器

供奉着血雨腥风的战事

在岁月里打坐，燃成一炷香

勇者的灵魂在万崖之巅

守望着巴人的家园

拥有佛性的佛，有泥土的基因

拥有恒固悲悯之心的虔诚

可抵霜华侵蚀，抵岁月漫长

一炷香的时间

其实是亿万年之久

朝东岩

我又一次经过
朝东岩截断我眼前的光
又一次研读大峡谷的一块骨骼
栉风沐雨，阳光炙烤
柔嫩的骨骼逐渐坚硬

那时候，她艰难分娩
美丽豁口闪耀着母性的光
她爱怜地环抱着脚下的一切
万物都是她绣花小袄里娇美的小孩
她又决绝凌厉地眺望远方
她是坚实敦厚的脊梁
她虔诚地向东朝圣
朝阳在那里发出万丈霞光
很多事物向上升腾
涛声、水岚、流云、赶山的号子
众鸟飞往天空

黄金洞

以光的速度穿越

溯长河遇见

我虔诚地走近

趋光的蛾如何懂得

黑并不是黑

时光并不安分

唯你掏空五脏六腑

砥砺岁月

独守这空的、静的灵

以光的速度穿越你

审视的眼光打量

你定不会嗔怪

那沉稳坚定的矗立

欣然驻足的爱和目光

也黯然决绝地离开和背影

便只有这般挺俊

才有这般度量

让我用惊艳与占有的目光

以九十度的仰角爱慕

你山石坚挺的骨骼

河水律动沸腾的血脉

泥土丰硕壮实的肌肉

草与木柔美的毛发

均匀与急促的呼吸

热烈与羞怯的心意

我必不做这唐崖的水

淌进你心

又从你心里流逝去

我揽你入画

白纸上一线起笔

而色彩都是你自己的

你早已入我心

任你春风得意，秋色无边

给我一段亿万年的时光

便予你一部绝美的传奇

让阳光投你入河

看星辉许你影舞袅娜

看雪花将你素裹

看雨水洗你

在岁月长河里

与你蹉跎，与你厮磨

鹿院坪地缝

断裂，其实就是撕扯

说起来其实就是伤痕

断裂，无非是一拍两散

无非是各自安好

无非是将完整的都分成两半

一半是破碎，另一半是缺憾

无休无止地追，无法弥补，不可缝合

世间最猛烈的撕扯和最深的伤

无非是山崩地裂

一山二分泥石零落

裂出峡谷，落泪成河

流出绿至发蓝的血

远古的一端来自远古

眼前的一端迈向未知

以裂为奇，以殇为美

流水路过，便也是过客

一道地缝足以成就一段谈资

一丛青苔站在旁边

扯着内心一阵一阵的疼痛

默默伸出手抚摸鹿院坪

在鹿院坪涌起的涛声之上

如果世间所有颜色之外

还存在一种颜色

那就是鹿院坪地缝里的水色

如果这世间

还有清澈之外的另一种清澈

那也是这地缝里的水色

如同坠入轮回

如同一只小鹿误入尘封的桃源

雀跃的心情那是翱翔

如拥有一双翅膀

从地面上起飞

比风还快

不想收敛我的双翼了

我要上溯至河之源

去寻颜色的秘密

我要保持飞翔

飞翔才是完整的拥抱

我愿意融化在水蓝色的梦幻

在鹿院坪涌起的涛声之上

永久地漂浮

鹿印潭瀑布

是谁站在天河边凝望
是谁坐在云端怀想
是谁揉碎一河珠玉
但付真情到人间

白衣仙女玉手轻抬
衣襟上的思念如尘屑飘落
思念捏成小星星
沿天之河边流放
每一天放一颗
无数颗思念熙熙攘攘
挤成一条无瑕的珍珠玉带坠下
鹿印潭里响起珠玉之声
一条瀑布铺就一条路径
化破时空的局限
连通天上与人间

把虔诚供奉在干净的庙宇

鹿院坪在夏天也是安静的
巨大的绿是一座庙宇
许多人来了
将肉身植入一座山，投入一条河
求一份虔诚
如同偿还一笔拖欠的债
然而山河并未濯洗一个人的欲念
山的伟岸，河的婀娜看还不够
我举起手机要留影像
潮湿的苔藓涌起戒备之心
暗暗丢给我一个危险
我重重摔倒
整个身体趴在地上起不来
就像是行了一份大礼
面对这干净的庙宇
和庙宇里纯洁的神灵
以五体投地的膜拜
把虔诚供奉在干净的庙宇

峡谷赶山歌

山林里有奔跑之声响起

赶山的歌飞溅出来

落在山林，落在阳光之上

落在彩云燃烧的天际

每一嗓子都涌动着力气

如一颗颗铁钉

不偏不倚地钉进悬崖峭壁

迎面撞向来者的骨骼

哟嗬嗬哦——

赶山人在山上赶山

嗓子都是敞开的

嗓子也是用苞谷酒浸泡过的

每一嗓子喊出来

都泛着绿色的蓬勃

都散发着苞谷酒味儿

一嗓子山歌飞到对面的山上

如同春天扎根在山间沃土的种子

向阳而生，沐雨而长

赶一趟山就赶上了好日子

赶出一种幸福

那座叫鹿神山的山

阳光锋利
刺穿一块厚积云
被切割的部分挡不住光
鹿院坪有一座叫鹿神山的山
半截袍子镀上金属的薄翼

阳光肆虐，刀口锋利
加速度的锋口行刺山峰
三叠瀑的山被切出豁口
一叠、再叠、三叠
切成吞吐阳光，云彩和雨露的虎口
而阳光、雨水、猎猎之风
都是不可预知的危险和阴谋

阴谋得逞
山水被更改了节奏
与空中的鸟语合谋
玩弄树梢的翠绿
土地敦厚，驯鹿温柔如水
看过了血雨腥风

饮过朝露，啖过晚霞

山已然拥有神性

它有一种力量

让锋利变得敦厚

让坚硬变得柔软

让万物和解

清江

飞星之水从天上来
裹挟着天色和云色而来
禁不起山的颠簸与撩拨
欢腾地揽过岁月的纤绳
牵出隔世的情思
翻腾一江喘息
与山色在阳光中碰撞
撞出彩虹，撞出珍稀的珠玉

一粒粒遗落到山里
滋润植物的呼吸
久经辗转找到归路
倔强地又抱成河
在翠色里匍匐
抱成一条叫清江的河
以妩媚的身姿侧卧在山脚
多情的眼波闪亮
蜿蜒婉转，甘心做山的水晶裙裾

清江流岚

清江渔火点点，星光点点

江上的桨柄摇落绿水青山的梦

握住山水交错的线

捕捉疏淡适中的轮廓

在船舷外听风

撒一张网打捞久远的故事

放排的号子响起，引出一管玉箫

吹出天籁

让涛声捎给远方

阳光下的乳汁白

氤氲母性的温柔

裹上女子的轻纱

怕一声惊叹

惊塌这海市蜃楼

江上的流岚

恋上了两岸青山的风姿

涌起青春的悸动

掖在裙裾的褶皱里

听涛声与晨晖

耳鬓厮磨

云上花间

你不去看世界
让世界来看你
苍山云海雾岚花颜
虫鸣、鸟啼、鸡犬言欢
你一点欢欣一点雀跃
把千万朵格桑花唤醒
也唤醒千万棵木棉
一片片矮矮青蒿

天上的明月为你微笑
星子也为你闪烁
你听远处那澎湃的松涛
他们不远万里
他们都为你涌动
这是一整个的世界
他们是自由呼吸的精灵
你必定为此感动万千
并以爱怜目光抚摸他们千万遍

白云有信

苍山外

明月照沟渠

沟渠在野，寒水生烟

酌酒在那花间

窅夜、星辰和你

相顾无言

你不是为此写诗的那一个

你不必写诗

你该放生

放生你自己

你可牧云

想你想的那个人

灿若星辰的点点灯亮

把你暖成岁月抚摸过的淡淡黄

季节凝结的瓜果香

金桂染红

古琴的梵音奏响

你遇见你自己

你看见你

你身着铠甲

浓妆艳抹

无比疲惫

你是那一小截时间线的段
你是无数省略号中的一个点
你丈量自己与时间重合的那一段

在轻柔的风里
把自己交给流云
交给向晚的烟霞
一株艾草
一滴晨露
交给翩飞的蝴蝶
花间夏虫的鸣叫

铅华如洗
在人间烟火色里
像一只萤火虫

你闪闪发光
在云上花间的转角
你在你自己那里
你一直是
你自己的自己

云上花间的海

寻找一片海
渺小个体在尘世漂泊太久
总该有所皈依
说起汇聚与容纳的力量
就想到万水汇聚的蓝色海洋
就想到云上花间的海
云海、花海或者人海

我坚信，山和海互为因果相互成就
时序让一些事物并行或者交错
让所有事物以不同方式相互联结
同类事物彼此吸引交汇
让不同的事物相互观照成全

而这里的人海是寂静的
如牡丹捧着宁静的三月阳光
五月云海里收藏的四月灼灼桃花
十月的山色溢出丰收的果味
与桌上灯盏惺惺相惜
观云看山，一人一海

云海

热爱云的人，享受天空

热爱云的人，把诗写给云

而我，希望是那个坐拥天空以云为诗的人

在不同的地方都会想念云上花间的云

云海里有钟鼓之乐

那里的云有交响曲的跌宕与狂欢

有韵律、节奏和长短句

星空下，我忍不住论证一个命题

二十四时辰衍生出的几何倍数的颜色中

有多少种颜色是轻薄的，引人遐想的

有多少种颜色是厚重的

能够升腾、折叠和堆积成云朵

最后碰撞出雷雨交加坠落人间的

有多少种颜色是密室关不住

逃逸出雪融成泪花的

让我大胆地设想

如果让万物都自由地抉择一次

作为一棵朝饮晨露夕沐泉的植物

愿意在广袤的山川中

供奉生命之水

结云成海观照山河

花海

玉兰、绣球、金扣子或者一串红

木本的或者草本的

一年生或者多年生的，这许多的植物

乐于汇聚成海，在云上花间

褐色泥土里安身立命

每一株植物都揣有花朵

高兴的时候打开

不高兴的时候夜晚打开

他们经营自己的香气

身体养着天使或者魔鬼

酿着蜜糖、药汁或者潮汐

这样一座海洋，生命的潮汐起落

五光十色的浪花把泅渡的人送往彼岸

一头扎进蝶语鸟鸣写就的经书

过目都是撰有生命密码的梵语

置身花海里

像置身于众目睽睽之下

接受每一朵花的洗礼

鸟鸣把祝福装满大峡谷的罐子

大峡谷是天然录音棚

柔软的绿色是绝妙的回音壁

大峡谷的鸟儿都是嗓音优美的歌者

歌喉里存放的歌声弹性十足

一首歌常在峡谷的山林响起

像老师抛出一个问句

有人会快速地给出答案

如果没有答案

那一定是歌声踩空

一脚跌入了峡谷的河

入河的歌声是无法打捞的

只能在海里游弋

如天上坠落海里的繁星

只能带着天空的云气

在河水里漂流

如果溶化在水里，那是盐的甜蜜

在大峡谷放歌，放一段美妙的际遇

鸟鸣把祝福装满大峡谷的罐子

白果树

在南坪，我一定要写一棵树

写一棵叫千年银杏的树

写他千百次把鸟鸣收于心底

为不同的鸟儿收藏羽翼

他看日蚀而独自伤怀

在宁静的夜晚轻抚月色

千百回把春天藏于体内

而于秋天交出黄金

交出洁白的果实

掏出他根源里的物欲

就像每一年必须淬火一次

这样遁入虚空

千万遍濯洗肉身，焚心

仿佛有了佛性，就开始因果轮回

直到白了少年头

直到化石

在岁月里打坐一个甲子

终于开出芬芳的花朵

大龙潭，我以光速穿过你

太阳光铸造利剑
刺穿一片云
直向广阔的水面
越是束缚，越有喷薄的力量
我以剑为拐杖
然后以光的速度穿过你
穿过你的剑刃闪耀水光
我不要你以包容的态度接纳剑气
接纳不断愈合不断开裂的创伤
接纳包括游鱼、植物或者漂浮的物体
也不要你接纳山色和天色
我只以光的速度穿过你
大龙潭
我将抵达到你的胸膛
我仅仅凿开一小块地方
蜗居，静听泉水流淌
仅仅是这样
我便觉得这是获得了毕生的福报

把我的敬仰安放在抛耳山不知名的水源

想了想，还是不要哭出来

季节正谋划着最后的收官战

满地绿色还未褪去，这值得庆幸

许多植物，许多生命依旧蓬勃

生命本是在时间的手里抢夺时间

秋风里飞来五颜六色的风筝，短暂停留

不可不抬头，不可不挺直脊梁

重读一遍家书，穿上黄金盔甲

季节轮回里，胜利者将从田野里缴获战利品

红杉树上挂满金色的铃铛，风将其摇响

落下一片叶子试试风的力度

举起猎枪之前，对凶猛的野兽提出警戒

森林深处藏着囤满谷物的粮仓

许多植物都有谦让之心

让雨水在此凿一眼绿色的湖泊

是勋章，是盾牌，是战士遗落在大地的一片盔甲

季节将所有战场清理干净

这里仍有跳动的心脏勃起大地的脉搏

面对这巨大的感动也不能哭

就把这敬仰安放在抛耳山不知名的水源

蝴蝶崖

从一只厚茧里挣脱

轻轻扇动羽翼

如一缕青丝拂起一缕风

一双翅膀飞过大洋

抵达体内的高山

扇动一场亚马孙河的雨，几经流转

落在北纬三十度的土地

汇聚爱的蜜汁流成一条江

喂养哺乳这辽阔的巴蜀之地

广袤的胸膛长出这诗意栖居的翅膀

裹着束发带的姑娘

怀想着秉烛夜游的日子

数着促膝共读的旧时光

要有多么深的爱意，多么软的柔情

才能骨化成翅膀

一只蝴蝶力量微弱，生命短暂

而唯有爱意绵长

唯有守望坚韧

矗立的蝴蝶双崖，天长地久

凄美绝伦

枫香坡水车

在线装的卷轴里摊开
衔一口九月的暮霭
那是在枫香坡
在侗族风情寨子
说记忆里的故乡在汉朝
经年的风霜都染成桐木色

千秋岁月尽头
依旧是陈年的轮廓
燕子衔茶畦的绿色和烟雨回屋檐
泡一壶嫩茶
品留在石头墙垒上的橙色

怀念雨季里的潮润
足踝下柔美的春水
律动时淙淙水花
想那荷锄壮实的男子
不再赶着黄牛
捣碎青琉璃的晨露

怀揣着狂热的悸动

等待石堤上那久违的履声

山乡的诗情流连

在雕栏之间

把咚咚的捣衣声

揉搓成最温暖的节律

在大龙潭垂钓

闹市打翻了声音的罐子

盖子捂得多紧也捂不住逃跑的车鸣

一截车鸣逃到大龙潭

停下来坐在河边

钓这条河里透明的鱼

他研究这块水里的天空和山水

一朵云躺在大龙潭的底部

山和云扯着天空和光亮

不断有鸟影跌入潭水

像是受到神谕

如白云一样在湖水里洗

洗濯尘世的罪孽

天空再一次倒过来

橙、红、橘、绿的山

再一次砸起大龙潭的波澜

我是不忍心把一条弯曲的钩子

递给这些不染一尘的鱼

即便是非要垂下一竿

我只不过是要把我仅有的感情

作为饵料馈赠给他们

清江雨竹

手捧这一方瑰美
在秀丽的清江桥头苍立
我是这一河秋霭的忧伤
回梦那热闹繁华的街景
身旁人如织
只见行走得匆匆
没有人听我拔节成熟的芬芳

我寒烟的玉色
收藏这季节的丰美
芳径冷寂
这万般惆怅
说予这清江的翠波
何处悠游的丝弦调子

自纤手间滑落
以淡淡的水墨
遗落在古陈的画廊
我愿意守着这一方城市的霓虹
唱和这青石板的淡然

046 游水的兰舟漂过
龙船调的曲子且远且长
千瓣莲花飞谢
卷帘窗口
灯影如幻

蘸一抹月色或者霓虹
填上一阕词
给长河里千顷的暮色
沿着清水走廊直向江南
杏花开放的深处

贡水河，以贡之名

一条河自有源头

从时间深处出发

跋山涉水走过千年

时间深处有甘泉也有血泪

有逝去的先祖和旧王朝的背影

我能想象，当时的河水

流淌着茶叶、木材

珍馐、珠宝和所有人民劳动而得的珍贵之物

流着血汗和眼泪

"水流百步清"

一条河有自省的悟性

有自净的本能

让历史的归于历史

让人民的还给人民

一条河初心未改

以清澈之躯奔向新的时代

于是流出甘泉，幸福的蜜汁

向人民纳贡

子母潭，一双清澈的眸子

一双清澈的眸子

在山脚下目不转睛

青绿血脉供养着村庄、牛马

佝偻着背部的乡亲和泥土为生的事物

她慷慨地接纳每个路过的客人

温慈地养育每一个子嗣

掏出怀里的糖果和蜜饯

馈赠给蚂蚁、蜜蜂、蝴蝶

羊羔匍匐在草地上

吮吸她的乳汁

开满鲜花的植物

唱着热烈的赞美诗

子母潭

流传于人世间的箴言
也适用于物世间
"父母在，不远游"
子潭环抱着母潭
"可怜天下父母心"
望子潜龙入海
母亲甘愿是永不干涸的泉眼
幼小的孩子在母亲的注视下长大
母亲渐渐变小

如同一种隐喻
子母潭张开双环臂
启发仍然懵懂的孩子
"父母在，不远游"
我们像孩子一样，俯下身子
倾听母亲
教诲

乌木桢楠

从深深的岁月里刨出来

我们如同盗墓者掘开古墓

遇见告世已久的故人

他已腐朽的部分已隐匿

而未曾朽去的，在新的时空里重生

不曾吐出一个字

已指引初次见面的人怀抱虔诚之心

不用猜度一截桢楠的前世今生

阳光下的虎瞳如阳光一样耀眼

月光浸润过的身体如月光一样清幽

骨骼和血脉清晰可辨

一截乌木横陈

投他以乌黑的眼光

她收藏黑暗，也消化阳光

岁月是暗哑的淤泥

以光环耀其身躯

他闭虎瞳

凝神回到风雨里

做回金丝楠

我和子母潭流着同一种血

山之南，老屋之北
子母潭在大阳坡脚下
爷爷说，子母潭是他
和上几辈人种出来的
一锄头下去，挖出水源积水成潭
如种一棵麦子，一颗土豆
子母潭里有他的血汗

长于老屋的子嗣
和子母潭一样
都从山脚下长出来
我们是同一个源头的水
流同一种质地的血液
长着同一种硬度的骨头

父亲去看子母潭
子母潭里的抽水机轰轰作响
父亲专门打电话给我
他声音颤抖
如同有人在剜他的骨头

搬走一棵桃树

刘敏华要搬家了
要搬走的东西太多
常用物件、老房子、祖先的坟
然而，三峡水和这土地是搬不动的
这样，又好像没有什么可搬
若有，就家门口那棵桃树吧
开满了花朵，连着根

残荷在秋天直起身子

这次，我又来人工湖
不同于每次的经过
上一次拍照是暑假前
但这好像不再是那片茂盛的湖了
秋天的清冷已经降落到她的身上了
继而应该就是冬天的雪
萧瑟的风在冬天来临之前匆匆赶路
在离开之前还来打个招呼
风去哪里，这都不要紧
要紧的是这里的事物，还在这里
我也还在
说春天要么太早，要么就太迟了
有的生命茂盛了一个夏天，在秋天也是
有些就随秋风一同萧瑟下去了

没有归路，他们从何处而归
他们是否知道归路呢
想到归路，我和一些植物
一样迷惑了，归路归路
视死如归，抑或视生为归

我确定的是，有的生命力还留在植物里面
植物还留在尘世里面

风从人工湖的另一边吹过来
惹了栾树
我起身离开
栾树丢了一截树枝到湖里
一张荷叶晃了晃
仿佛直起身子
伸出手臂拥抱溺水的自己

回望古城

在历史的城池

才能看见故人的背影

雪落下的时候

听见历史的声音

如同一根音弦，弹出几缕清音

落在你心上

唐崖遗梦

那日重现天光

惊醒这守城的壮士

风起云涌当是梦一场

在雄浑的荆南

那场离别的火光熊熊

在眼底，在心里

在三街十八巷

在残破的断垣

土司忠毅，血凝成霞

一如天际的残阳

成就唐崖河经年的夕照

耕读和守护

缨枪与战马

寂静的魂灵

淹没于起落的尘埃

唐崖回望

那方家园

曾瑰丽如画，祥瑞宁和

再没有送亲队伍热忱欢腾

没有盛装的新娘和十姊妹

没有鱼贯前行的嫁奁

也听不见响彻天际的锣鼓和唢呐

土司的狼烟不直

故园轮廓没入荒草

晚归燕子不识

哭嫁泪水入河

火塘里火焰入河

练兵怒吼声入河

摆手舞的影子入河

流尽历史的尘烟

这条沧桑之河

多少哀伤和悲喜交加的故事

绵延流逝

载不动那青苔砖墙里的灵气

流不走那生而不息的烟火

拿什么记载这座城池

用什么刻画这段往事

守城坚兵残破

揣着驭马出征的梦

石马矗立

追寻驰骋疆场的号角

仗剑在手

哽咽在喉

时光已然转弯

历史就此开裂

散落四野的火种星星点点

对土司遗风的遥想星星点点

因有叹息，因有仰望，因有怀想

给我的呜咽的唐崖

给我的悲悯的仰望

给蔓生的荒草，给万里的流云

给沉默的远山，给逐年新生的年轮

无法遗忘，无法释怀

却又无从抒写

遍寻玄武山

长歌一曲

踏长阶归去

浊酒千斛

写一段新鲜事

委托那梦，捎予千载沉睡的故人

土司城九进堂

以一个旁观者的身份和视角
住进这华堂
土司的威仪猛烈地捶打我的嗅觉
这样古老的味道如此狂野
没入血液
该以哪样的仪式
追思那远去的王者
浅显的敬仰显然无法到达
那血雨腥风的征途

青砖土瓦不讲故事
但他们却渗出岁月的釉彩
九进堂里暮色四合
远山的蝉一声声叫亮那一盏灯
历史睡得如此沉
不忍那无知懵懂和浅薄
唐突了熟睡的旧梦
遥想这里岁月静好夜夜笙歌
醉透这雕栏画栋

九进堂里的种子
播撒至清江之滨
至远方或者更远
无论植物还是肉躯
都有白虎的骨骼
山野的精血
哪怕在那南来北往的风口
依旧是最忠实的歌人
和最虔诚的舞者

土司城廪君殿

现实与历史的距离

是那三层三进的重檐廊柱

廪君祠里的祭拜

远不如青石板躺得凝重深沉

先人用血肉浸润那段历史

我虔诚的心

膜拜这开疆拓土的勇毅

以小心翼翼的目光

研磨那厚重的锈迹

来者渐渐频繁

先祖的足迹终将重见天光

夜镇妖魔，日护平安

"努力巴嘎"和"柯斗毛人"结伴

无论繁华或低迷

任时代变迁

不管轻佻或隆重的嬉笑怒骂

他们总以圆睁的虎目

看护着土家的生息和繁衍

守护已成为一种姿态

遥想一段岁月

城头烽火四旺

狼烟四起

钟声凝重霸气

鼓点急促热切

巴人的声声呐喊

震开巴山夷水

五百年历史开始流淌

创造远比发现更难

传承也总是这样步履维艰

小轩窗努力挤进水泥砖缝

满面的尘烟

只有青石上那只白虎站得雄壮

看见日落了又升起

敦厚的双眸

深情并且透亮

雪遇土司城

相逢若只是初见，何若在雪前
远涉万重山水
如要赴一场约
如要见一个想念的人

遇见一场不期而至的雪
闯入这座静谧的城
一见倾心，再见倾心

老墙如残霞，黛瓦覆雪
巍巍青松一朝白头
青砖如同在岁月里沉睡
岁月的尽头
有一场雪，有一场邂逅

你如约而来，邂逅一个王朝
寻寻觅觅，辗转红尘
你步履匆匆
一路芳草，一路歌

你的期许在远方
远方才有温暖的等待
一场雪闯入你的世界
如同你闯入这座城

你踏皱一汪清水
泛起阵阵涟漪不散
终究，你推开了一扇门
抬头可见苍穹
望见流云雾霭、满目星斗

若回眸，你会瞥见往事炊烟
闻到人间烟火气息
读一段凄美的故事
一如你心里雪藏的一段往事

两情若是久长时又岂在朝朝暮暮
从此，一座城、一条河、一个人
心上涟漪不止，等的人不归

那个袅娜伤感的女子
终不及那土家的英雄怀揣着的远方的梦
瑰丽的梦和一段情终于变成一个故事

写成一部传奇

历史的舞台曲终人散
灯火阑珊处
恍然有故事的余音
仿佛你回到那段时光
城里车马喧哗，人影如织
生命是一场特别的戏
你，是故事的主角

花，芳草萋萋在你脚下
细枝横陈，琼玉乱舞入翠色
满眼清寒……
没有什么比一场雪更能让万籁俱寂

走过万水千山
走到岁月的深处
只有比远方更远的远方
在历史的城池
才能看见故人的背影
雪落下的时候
听见历史的声音
如同一根音弦，弹出几缕清音

落在你心上

千年暮雪误入城

莫若凭栏忆故人

雪色炫目，山川河谷翠色妆白头

这一座城，黛色微染

历史尘埃半掩

总有一处景，总有那么一个人

只为等你

墨达楼

墨达楼的灯明亮如昼
如果，一个故事
可以点亮一盏灯
那么，多少盏灯可以明亮一栋楼
多少个故事可以点亮一座城

吱呀一声，木门打开
你仿佛惊扰了历史的灰尘
恍若看到老祖父的烟斗明灭
看到老祖母的鱼尾纹
你看到西兰卡普织机旁的身影

文字是岁月风干的骨头
文字有时候也不太善于表达
只言片语只是一枚
引诱故事上钩的饵料
岁月如此辽阔和漫长
人啊，且得耐心地
当一回渔夫

栋梁

一棵酸枝木在山里扎根

喝过多少水

晒上多少年的太阳

历经多少风雨和凶险岁月

长成栋梁

土家汉子备料的号子赶来

让一棵木性植物

在青瓦下面安身立命

站成立柱

卧成横梁和顺檩

或者撅着腰杆结成斗拱

凹凸成榫卯

相互咬合

立成一幢吊脚楼

土司城唱起旧歌

在陈旧的舞台，水袖舞起来
袖过之处，太阳的一小片阴影
随之甩过来，编写历史的人
在历史书上留下墨团
如盐水女神放出飞萤
遮蔽英雄的去路
青丝随舞
唱一段爱情末路的戏
一个人以爱情为城郭
另一个人以远方为理想
两条线从不同的方向交集为一点
最后走出两条陌路
以爱情为城郭的人守着城
沉寂的土司城里
谁在临水相思
谁在轻舞水袖
谁在唱一首旧歌
试图喊回，出走的魂

不能凭借一缕炊烟指认吊脚楼

当然，不能凭借一缕炊烟指认吊脚楼

混凝土的烟囱也有炊烟

不能凭借一片瓦指认吊脚楼

闹市的屋顶也有瓦片

吊脚楼的瓦是田间的布衣

晒一晒就有泥土的气息

吊脚楼的梁，山间的栋梁

晒一晒就有溪水的芳香

飞出的檐角挂得住山间的明月

嫁得出哭嫁的女

吊脚楼的瓦，泛青、泛起炊烟

那是山色凝聚，是草木的幽魂

油茶的味道跟着泛出来

吊脚楼的花窗筛过山间的风

筛过待嫁儿的眼神

筛过煤油灯摇曳的星火

晒台安静，扯着两件蓝布对襟儿领的衣服

小心翼翼地吊着脚晒太阳

生怕惊扰了吊脚下，午睡的羊羔

吊脚楼

故乡大概也藏在画笔里的
白纸打开的时候
吊脚楼就渐渐长出来
木门常常洞开着
薄翼的窗纱虚掩着明暖的灯光
吊脚楼下响着铃铛

七尺男儿倒带回去
骑在门槛上捉弄小猫
吊在卡门上旋转
悄悄把父亲的细竹鞭扔进火塘
那时奶奶爱晚霞
叠着小脚坐在阶沿口

倒带回来
吊脚楼时常客走异乡
被岁月磨平檐角
纸上落笔
想到屋顶将落满晚霞
心底就升起袅袅的炊烟

旧兵器

要说质地
顶好顶好的要数青铜，或者玉
最不济那就是木石
若说威仪，最好赋你猛虎之形
再赋予你至高的符命
"虎符"二字，千钧
一半守着国君
一半跟着统帅
安睡于龙椅，或者巡检江山
这看起来都没有危险
但他体内有山洪和泥石流
没有人能摁住他的虎啸龙吟
但，欲望却是唤醒他的唯一密令
致其成为最致命的血刃
就算作为一件旧物
也时常钓出人们记忆里的
血雨腥风

嫁衣

在诗歌里泅渡的孩子
如在苍茫大地上追一只发光的孔雀
如用千万块字节修筑一座圣殿
供奉内心岌岌可危的江山
朝圣之路是条剧毒的蛇
一条不用隐喻和修辞的荆棘

甘于穿针引线的人
脚下踩着钢丝缝补嫁衣
体内有月光，珍珠亮
一扇雀翎打开
放出心中的火
如同泻下玉白的月瀑

青瓦

挖一罐子泥

泥坯子饱饮风霜雪雨

经捶打、塑形、历火劫

在一场火里塑金身

烈火烧不化内心的泥性

但烧就了坚硬的骨头

把一片瓦举起来

把风霜雪雨托付给一片青瓦

如同举起你的下半生

一片青瓦隐匿的部分

是不易察觉的温情

有些事物适合细水长流

如同一种慢性药

温情也适合一小片一小片地饮下

暴风雨、霜雪、烈日，甚至白月光

我都可以一一承受

粗糙截面弯一个长半径的弧

背负一身青苔，从半空中

抱你

旧椅子

有许多的背影

许多的休憩

曾裹着灰尘一起落下来

如今这些，已经落到更低

低到黄土里

低到记忆深海沟下

无法打捞的凹处

剩下的没有牵过衣角的

一层盖住一层

淹没朱漆

犹如细碎小颗粒的黄

淹没方形亮漆的黑

在水龙头下洗一把椅子

如同掘坟

在文澜桥看灯

遇见一座桥，你看见水
看桥，看见荡漾的灯影
在离你最近的城，在夜色俊美的宣恩
邂逅一座城，你不必有约
出一趟差，听一段故事
甚至是路过

光影变幻，你看到的不是桥
听到的也不是水流
你看到的是岁月的变幻
年华的律动
比如有时候
挂在树梢的不一定是果实
或许是一段照你前行的光……

在时光里穿行，任你踏破流年
回望来时路
或也艰辛，或也斑斓
桨声不扰琉璃影
夜色嘤咛

缓缓贡水不载乡愁

这里，不是远乡亦非他乡

若心安好，处处原乡

渡你

遮你风雨，照你灯影，听你心语

总有这么一座桥，会渡你

渡你过河的那一边

旧灯笼

一幢废墟

在天花板下空坐

丢了心的身体

丢失光阴

如同失掉了魂魄

被岁月的水蚀去皮囊

岁月动荡不安

而皮囊，曾红极一时

身体的红色血液

落入岁月的水里，荡开

荡得淡成水，一荡再荡

荡出褐色的骨头长满青铜

风从北边吹来，穿过身体

撕扯着青铜，响起号角

如唱起招魂曲

对着血红的太阳

喊我的魂

想象书

我不止一次地想象

在伍家台晨雾婆娑的画境

我是茶树上长出来的一个姑娘

是贴着双龙湖面飞行的白鹭

山水与邻，茶畦为家

耕耘微雨晨露，经营雾海霜华

制饼烹茶喜闹也喜静

藏千顷翠色盈袖，乐山也乐水

不惮于人声鼎沸

不惮于独守青山

茶树养育的姑娘明媚

具有山的泥性、植物木性和水的灵性

以山为依靠，河流为凭借

仗剑天涯打下一片茶叶江山

我无数次地想象

穿上不同民族的服饰

随着潮涌人群赶一场水上盛会

冠上不同民族的姓氏

拜谒守护这块土地的神灵

墨达楼的灯是静谧的
映照一个民族的前进路途
文澜桥月色阑珊
浸润一个民族的浓厚血液
白虎为图腾的人们崇尚山水
以茶为诗酒为歌
白虎为图腾的人们享有这份幸福
也不吝于手捧这样的喜悦与人共享

我是这样无数次地想象
无数个截面的宣恩是无数个镜面
就有无数个棱角可辨的我
比如白虎的、游鱼的、白鹭的
白柚的、清茶的……
古色古香的、时尚鲜亮的无数个我
叠加成一个游走在青山绿水的我
守着这样一座温润的城
守着朝阳起落，拽着浪漫的时光
让其更加缓慢地流淌

镜像，在傍晚的时候成形

夕阳傍晚的时候嵌入
一同嵌入的还有
白天白色此刻涂彩的云朵
大厦宽阔的外墙
这一面巨大的镜子
被客观事物充盈
栾树抢占先机伸进脑袋
举着翠绿渐粉的花朵
夕阳渐渐下沉
酡红的彩色占据镜面
山的剪影有婀娜的曲线
以墙面为镜
万物本真面目逐渐显现
又随着暮色慢慢消隐
这墙面虚拟的物象丰美
万物游移回归的傍晚
镜像，逐渐成形

山顶

四顾是山谷

脚步迈出去都是下坡

有时候是没有风的

四面八方都空着

那时候，我也仿佛就是空的

太阳从来不在脚下的山顶落下

天空里还是有白的云

鸟鸣、扬起的尘土

有还未下落的雨滴

风在路途拟定了题目

大雁和飞机一起飞出视线

这样，只剩下我

另一座山顶，给出答案

黑屋子

屋子被白天的太阳照过

被太阳照了几十年

不过还是黑了下来

丈夫早早地住进了另一间

她没有点灯

她的灯点在三个儿子的平房里

还有一盏，过年的时候

她点在了丈夫的坟头

屋子黑下来

她把自己揉进黑屋子

把自己揉进无边的黑里面

她浑身都是黑的

她提前向黑暗缴械

交出一切，包括语言和欲望

交出重力

直到没有弹性

也没有张力

她不需要点灯

她需要一间黑色的屋子

更夫

我是陋巷的更夫

每夜沉重的敲打

我比别人更不知道

这敲打是祭奠过去

歌颂现在，抑或追寻未来

在哐当哐当的时间面前

我已经是个聋子

不能言说

也不能书写

我只凭借我的步子

深一脚

浅一脚

追赶钟点

人们习惯忙碌白天

我却沉醉于研读黑夜

明月是深沉的眸子

我用他看透上苍的心灵

石板路习惯用青草

掩藏残破

蚯蚓却借日光

丈量陌巷的昨天

演绎着悲喜剧

幕落时

面具四散

我希望能逢着

吉普赛女郎

在高高的院墙内

演绎最深刻的故事

人生的角色

比冬日的夕阳卸妆得更早

人们习惯把

所有的路口打理成

一种热情的格式

可惜我

只记得上一刻敲过的钟点

在夜阑人静的时候

我迷失方向

我更愿意

面无表情地敲更

心如水一般

抚摸岁月的皱纹

路边躺着的总说

我

没醉

拿

拿

拿

酒来

深夜

令我触目惊心

我不得不重重地

敲击黎明

这是我隔日的盛典

路边躺着酒鬼

沿着我的更声

吟诗

不知道他是李白

还是刘伶

从一端走向另一端

我把岁月叠成锣

连同失落埋在路口

在久远久远的年代

捣鼓深邃的历史

婴儿降生那第一声

最真实的啼哭

直指向告别时

无奈的疲惫

成为珍藏的永久

我不能

在深夜里迷路

如果我找不到方向

带我归去的

必定是

我前面摇着尾巴的老黄狗

荒冢

我一具飘忽的魂灵

在荒野之处追寻

草丛里散落着希望的眼睛

枝头上还盛开着我二十岁时发出的

六十岁才有的

叹息

那一年冬天

灵魂离开了身体

子孙们凄凄地为我

搭起了祭台

从大到小

一个一个在我的躯体前跪拜

我身旁全是我的至亲

而我的灵魂却在门外徘徊

灯影摇曳处

看不清他们的悲戚

是子孙们么？一张张我陌生的脸

有风从遥远处赶来

为我凭吊

有匆匆与我

擦身而过

有肃穆的秃秃的树

枯萎的颓废的衰草

躯体被抬着不停地摇晃

"终于到了，

就在这里吧"

就在这里吧

累了

其实人死了也就这么回事儿

要立块碑吗

这一生有什么可写的

出生

成长

死亡

真的没有

就这样一抔黄土掩埋

第二年清明节

子孙们还来这里沉默

后来

后来剩下荒冢茕茕孑立

揭掉一块带血的旧痂

整修一栋旧房子

工地忙碌

突突突，机器剥落墙上旧砖块

如同揭掉一块带血的旧痂

一面崭新的墙面将要出现

她出现在我右边的路口

袅袅娜娜从我眼前走过去

我按不住内心的兵荒马乱

突突突，千军万马缴械溃败

我这一栋千疮百孔的旧房子

一块血痂被剥落

黎明

外套上沾的水泥砂浆
睡过一夜
凝固成型，厚一点的容易抠掉
但凝固得不是地方
抠下来后留一块灰白色水泥印
稀薄的那一块将布料绷紧
他揉搓几次掉下一层灰
红色工帽扣上头
白色大高水壶满上水
他踏进微曦的黎明
房子就要封顶

假想敌

先，放过自己

允许自己懒散平庸无为

允许自己不那么执着于一事

允许自己为不值得的事咬牙切齿

允许自己为一池污水叹息

也允许自己为一朵花赞美

也为一个人失眠与思念

允许自己看到假象

允许自己缄口不言

允许世界在猜忌中消解

允许遗憾

再，与自己为敌

彼此祝福

彼此孤单

女儿会

时间的卷轴里

裹着一场盛大的聚会

线轴打开，回到石灰窑

土家女儿会人声鼎沸

一个民族打开自己

就像一个女儿遇见如意郎

女儿会之殇

时间的卷轴里
裹着一场盛大的聚会
线轴打开，回到石灰窑
土家女儿会人声鼎沸
一个民族打开自己
就像一个女儿遇见如意郎

走出去，舍身狼群和虎口
走在前面的人饮下一口血
沁红一顶轿和一个盖头
嫁出去的女儿泼出去的水
泼出去的水
然而，女儿泼出去了
女儿会也泼出去了

记忆的深海不收藏丢失的宝藏
一块土地上剩下传说和废墟
女儿会的断壁残垣
像一柄冰冷的剑
刺穿女儿心

铭刻着回家之路

山重水复之后，峰回路转

换上崭新的红装

女儿终将回门

"秀"这个字

女儿会如期举办
一个游戏节目叫组词
主持人抛出一个字"秀"
开始组词
俊秀、秀丽、秀美
秀外慧中、英秀……
主持人最后总结，土家女儿
真是俊秀、秀美、优秀
田家姑婆婆再组词
如今的女儿会才是真秀
二伯烟斗上的一截旱烟灰
愣了一下，跌落地上

七夕

穿最隆重的盛装
自桥廊来赴
鹊说，一年一度
一年一度
鹊说，祝福你们
命中注定的缘
鹊说，两情若久长，岂在朝暮
鹊说，鹊说……

吾心安处
淡茶冷羹汤
圆月清秋
花影凉透
我剪云、剪时光
剪雨、剪雪、剪思念
我捻灯想你
我孤笔素笺画满离殇

而你一直在
在我寸心

在我执念
在我触摸不到又悄然暗长的柔软
你在跑马策鞭
牧牛犁田
你在夏热
你在冬寒

你在青黛的瓦舍
你在宁静的湖边
你荷锄的汗，微笑的憨
你常走的路
你熟睡的甜
你手扎的开满雏菊的篱笆
那弥漫着青草香的、炊烟的村庄
你的，你的所有，所有有关

造这温暖的桥
予我这蹉跎的鹊桥的恋
能不能渡我
渡我蹚过苍天与大地之间
或许我可以不要这与鹊与桥的缘
因为在别离的一瞬间
我看见光

看见极速光的再见

不要有这如许的甜蜜
又与我延续的残酷的孽缘
最好也不要有这温暖的再见
只因这再见之间
亿万万的光年
就让我在浩瀚星河里遥远地念
再见，再见

七夕之名

爱，是一个只能单说的虚词

母亲教的手艺用来织一座桥

夜幕拉起的时候

宝盒里的星子次第亮起来

一颗颗抓出来，往夜幕上挂

挂完后最后一颗，又从第一颗开始

一颗颗摘下来，归于宝盒

我总想着，等我挂完最后一颗星子

我就对你说，晚安

夜的十二时辰远远不够

包括以七夕之名的那一个白天

然而，然而……

在天色大白之前

我不敢挂完最后一颗星

直到你想起我来

我才敢轻轻地说，早上好呀

七夕，假定一种修辞

假定一种修辞

设定一个时刻

人物、地点、故事情节限定

我们说说牛郎织女

长久分离是故事起点

一个人不辞艰辛，走很远的路

踏上一座最难行走的桥

天上人间，有情人终将团圆

回到人间烟火，朝朝暮暮

粗茶淡饭是好的

男耕女织也是好的

然后，预料的和看到的

结局刚刚好

牛郎湖边牧牛

织女湖中嬉戏

七夕时长不够彼此对视

须臾时刻约等于人间几度春秋
这不对等的两种时序
黑夜和白天在一个点上交叉
短暂的一天浓缩成时辰
这样的时长不够彼此对视一眼

之后的一年，漫长是无穷无尽的闭环
只有周期，只有循环往复
以相思续命的人在银河里濯洗尘世
喜鹊造桥摆渡人生
在不对等的时序
对等的爱情

银河星辰闪烁
朵朵都是人世间盛放的桃花
星月对坐，心中挂怀的不过是
两个人的人间烟火

月半 ①

土家族的月半节不仅是个节

在三百六十五天中

择一个日子

农历七月十二

这个日子神圣、庄严

这个日子流着蜜糖

在这个日子，开花，开出喜悦

母亲掰着指头算日子

女儿掰着指头算日子

"年小月半大，

出嫁女儿回娘家"

一个母亲念着这句话的时候

仿佛念出一道密语

女儿女婿急急如律令

去赶一个叫"月半"的节

---

① 月半，农历的七月中旬，通常是七月十二，是土家族的大型节日"女儿会"举办的日子，在这一天，出嫁的女儿回娘家探亲，未出嫁的适龄女子则在"女儿会"上以歌为媒，寻找自己的意中人。

这个名字是一种病

心中珍藏着一个名字
这个名字叫石灰窑，或者故乡
名字并不重要
但这个名字是一种病
时常会膈着心口
时而甜蜜，时而疼痛
这种病是一段的光阴积累
是一段乡愁的郁结

看见倦鸟归巢的时候
就让我做梦，或者冥想
就有一股力量拽我
把我往石灰窑的路上拉

想想那里的亲人们
月半节要开始了
她们在缝制月半节的盛装
她们在酿月半节要喝的酒
供奉的祭果已清洗干净
她们在夜晚燃起篝火

唱歌给心爱之人

这歌声飞入我的梦里

就把嫁出去的女儿

从遥远的地方喊回去了

嫁奁

比如卧室物品

大衣柜，镶嵌全身镜

镜子上飞出喜鹊，长出牡丹

双喜字喜洋洋地红起来了

樟木大箱子，木质、芳香往外溢

铜锁不挂，瓜子果品装满

十床八床大棉被，白里、锦缎花被面儿

细白麻绳纫缝，叠起来捆

洗脸盆架子朱漆油润

木头椅子、桌子、茶几、招风大蒲扇

玻璃糖罐，三两个酒坛

青花瓷器祥云镶边

诸多寓意美好图案的碗倒扣，层层上摞

直到摞成宝塔

一根长绳从八仙桌的几个角伸出来

交错，缠绕成一缕炊烟

锅碗瓢盆，瓶瓶罐罐

家用的一切物品都待字闺中

直到迎亲唢呐响起

与新娘一起出嫁

旧花背篓

多数的时间，花背篓在田埂上站着

她看母亲弯着腰侍弄庄稼

如同她侍弄她的孩子

三个孩子次第出生，她次第抱着长大

这一个个小小生命，鲜嫩柔软

他们的哭声、笑声也让她柔软

她趴着、站着，还是躺着

腰总是直的

那时候，她尚年幼，还有根

她站在屋檐后的山脚下

她喜欢风，喜欢太阳

喜欢在太阳下踩自己的影子

在大雨滂沱的时候玩身上的水

站在窗外看母亲的孩子出生

村里的篾匠主持她过完成人礼后

她开始扛起责任和担子

去很远的地方把干粮换成盐巴

去集镇上卖白菜和辣椒

曾经摔倒在地，泼出孩子的书和练习本
泼出装食用油的罐子，一周换洗的衣物

她和她都是躬耕泥土的人
流着泥腥味的汗水
如今风烛残年
骨头断裂也不觉得有所缺憾
她站着、趴着，或者躺着
腰总还是直的

风吹过竹林

晚风吹过竹林

像推动一具年轻的身体

他们看着我说，这只是一只旧背篓

凭借一段光阴指认一件旧物

攀附在一段岁月之上

一颗生锈的铁钉，失去岁月

不由分说，不回头

然而，我不由一颗铁钉指认

残破蛛网的沉寂也不能够

残年如斜阳，向反方向滑下去

血色逐渐黯然，入水变淡

入泥消散

穿过堂屋，穿过灶屋

穿过三道木门，回故土

少时的根还在，院子后面墙根下

风经过无数次，没拐走的坚持

像一种挂念，在隐蔽的地方

不由得想象未来多种的可能性

作为一棵竹子能坚持多久呢

或者竹子的制品又面临什么命运呢

出走半生，如果不是归来

那就是客死异乡

游走在纸绢上

一截身子作为一种意象残存

一种象征，风骨

然而作为意象，抑或是身子本体

一直是装不住风的

也漏水，漏一切柔软无形之物

那时辰，一丝一丝地漏下去

光影也是以同样的方式，漏走

她的孩子柔软，温润可亲

抱着他们如抱着炭火

木质，碳元素放出热

生出丝丝缕缕温情

如今也悄悄地漏走了

如他们所说，只是一只旧背篓

吊在钉子上，松弛的力里面隐藏着命运

接近火焰，损朽蔓延至骨头

灰烬渐渐升起

柔软的光阴流到泥土里

四面八方有风来

仿佛为了竹林的新生之物

出嫁

接表姐的花轿到了门口
表姐嘻嘻笑着问姑妈
为何不教我哭嫁歌呀
姑妈说，我不希望女儿出嫁时哭
你从小没吃过苦
爸爸哥哥都宠着你
你出嫁要高兴
说着说着
表姐就哭了
如一支歌唱起来

黄四姐这个名字

说货郎的路，在脚上
又说人一生总该有个落脚之处
迁徙的鸟儿也有温暖的翅膀
我若落脚，我有心爱的姑娘
在我每天必经的路上
她采下最嫩的茶装进背篓
她摘一捧豌豆荚子抱在怀里
她说，哥，你歇歇脚
我泡茶给你喝
四姐，四姐
我喊一声
这几个字，砸进心里荡起涟漪
苞谷老酒入了口
一个名字，于是有了酒气
念一次，酒味就更浓一度
要是喊出来，一发音就醉

哭嫁歌

一张粉桃的脸颊明媚

几根丝线舞得灵秀

以温柔的姿仪编织心事

织就着桃红的梦

长在闺阁里的羞涩

绸缎般柔软

结一颗绣球

抛给那放歌的土家男子

青石板留下一对脚印

知心的悄悄话

只被那蛐蛐儿偷听去

远嫁的女儿

泪洒方巾

哭了爹娘和弟弟

哭了熟悉的闺阁

哭嫁的歌把花轿送出大门口

红盖头下，脸庞嫣然

幸福长远的日子

只有笑声

写一首歌，出嫁的时候哭

悲戚是一种神圣仪式感
哭就是其中一种
一个人一生总要哭几次
比如，出嫁时哭
就该如水一样流出去了
如启程时的仪式和必经的过程
想着即将别离的人和事物
以及涉及这些人的情感和牵绊
戚戚然掏出心里的绳子
捆住心里的乌鸦，放出喜鹊
越是不舍，就越是放心不下
钟鼓之乐响起来，写一首歌
自己谱曲、填词、演唱
这首歌，一生
只唱一次

哭嫁

粉色的风从龙船水乡里吹来
广袤的绿，绿得骄傲
春也渐渐往幽深处走去
杜鹃红，红得开心
哭嫁的人脸上盛开杜鹃
盛开红牡丹，开满早晨的紫霞
开成红色的火苗

眼窝子里的玉珠
一颗一颗滚下来
砸向迎亲的船
哭嫁歌声不歇
离别的橹摇不动
一曲长歌燃烧起来
一把火点燃了她的幸福

盐水女神

"失去的才是可贵的"

这像是一道魔咒

在盐水之滨等一个英雄

我的英雄身长八尺

手持长矛且武艺高强

如果时光倒流

我必定放出心里的鸽子

而不是乌鸦

我暗地里起誓

如果你愿种下结糖果的树

我也愿意跟你逆流而上，或者流浪

吞食人间烟火而不是

化身为神

像白虎昂起头颅仰望太阳

环抱着一堆篝火生活
想想那时候还是一支火把
他们举着，在茫茫山林中寻找出路
在这块土地上落脚
收集灰烬造就一方良田
造瓦建房繁衍生息

火把不熄灭照亮来时的路
引燃一堆篝火跳摆手舞
耕种、收获和生活的仪式感
都以围火舞蹈的形式镌刻
点点星辰跌入一个民族
像白虎昂起头颅仰望太阳
我们心里环抱着一堆篝火

我们的爱都还不够

飞萤停下来，我坠入回忆的河
"一个女子最大的错误，
就是成为男人事业的绊脚石"
我在历史和故事书之外评价我
"一个男人最大的失败，
是无法安抚爱他的女人"
我在历史和故事书之外评价你
一个人执念事业而舍弃一个人
一个人执念爱情也舍弃了一个人
归因在于，我们的爱都还不够
若非如此，那么
就像多年以后，你返回故乡
枪炮入库，刀剑归鞘
像递给我产权证和钥匙
你说，这是我们的江山

秋天点起火焰

一定是有所预谋

每一棵树都揣着一颗火种

先是一片树叶子着火

像是一点火星

后来是星星点点

再后来就是接二连三的树

都将燃起熊熊大火

一阵风吹过来，柿子被点燃

一阵风吹过来，橘子被点燃

一阵风吹过来，木姜子被点燃

而当这些果实都一一亮起火光

山林和田野火焰金黄

我们在这里取火种

燃起篝火，点燃一支

摆手舞

摆手舞

一堆篝火升起火焰，摆手

土碗里的苞谷酒滑进喉咙

醉透正在摆手的舞者

朱漆木梳，梳过年月

丝丝缕缕，落在缠裹着的三寸莲边

绣花对襟儿领上衣散出草木香

镶边的大裤脚带着清江的风

背上熟篾编的花背篓

挤进女儿会潮涌的人群

千层底子滚口面的鞋养脚

踩出轻巧的脚步声

嘹亮的山歌一嗓子诱人

鼓点声节奏绵长

摆摆手，舞起来

穿着千层底子鞋的人

脚底下有千条路

走出来的情谊也有千万层

要翻过千万重山水

把篝火烧出去

把手，摆出去

传承

那时空间宁静
街道青石板缝隙宽
黑麦草胆怯地躲在缝隙里
木门的搭扣扯着两扇门
老铜锁吊着
"磨剪子嘞，戗菜刀"
叫卖声穿过街道
走到巷子尽头被弹回来

半盆水，刀口变薄
"磨剪子嘞，戗菜刀"
他接过父辈的声音
似乎端着一缕人间的烟火气
汽车喇叭声和机器轰鸣此起彼伏
"磨剪子嘞，戗菜刀"
他努力把四十年前的声音喊出来
平仄在他的喉咙里跌宕过了
小鸟在气流里颠簸
遇到一栋楼
他的声音折回来

敲响二十三楼的几只鼓

他的声音嘹亮

再转个弯，他的声音

被门面搬迁大甩卖的声音淹没

关联

物与物总是——关联

我凭借一只竹背篓可以指认一个人

凭借一支舞蹈指认一个民族

凭借一首歌指认一座山

凭借一个民族来指认一条河

清江滋养的土地和民族

有山的敦厚

有水的灵性

清江养育的人

识水性，有水性

清江是土家汉子和幺妹儿的河

这条河里流着情歌、汗水

眼泪和忧伤

一条被情感所浸润的河

有水性也有人的灵性

土家人和清江河就有割不断的明显关联

有时候，人在水里

而水，一直流淌在人体

唢呐

呜哇——呜哇——

唢呐装不住秘密

宁愿把嗓子喊破

也不私藏任何好消息

娃周①，呜哇——呜哇——

乡亲们，宗室家族后继有人啦

出门②，呜哇——呜哇——

乡亲们啊，从此这个家庭添新人啦

立屋③，呜哇——呜哇——

新的吊脚楼快修好啦

节庆，呜哇——呜哇——

吹唢呐的人鼓起腮帮子

体内卷起龙卷风

有一个好消息

要让全部土家人知道

---

① 娃周：孩子满周岁。

② 出门：女子出嫁。

③ 立屋：土家族修吊脚楼的一道工序和仪式。

仪式

父亲在门口的小路上摆好了鞭炮

年肉糯米饭在木甑子里冒气

鸡肉在锅里咕噜噜地冒泡

炒核桃、香煎鱼、炸酥肉、柴火豆腐

这些都是年夜饭少不了的菜

母亲张罗着他们上桌

父亲点燃鞭炮，团年了

空着的椅子，半满的酒杯，筷子搁在碗上

"太爷爷太奶奶，爷爷奶奶，外公外婆，

都来团年啦！"

父亲依次叫着先辈

母亲在空椅子旁斟酒

在桌子四角倒了茶

碗上面搁的筷子放下来

先辈们吃完，我们接着吃

似乎只有在这样的团圆日

唤他们一回

他们才回来一次

女儿会

空镜子

说起空，意味着与容纳相关

站在墙边的空镜子

七尺、平面、镜面特质

怀抱着巨大的空

给世间万物等距离

没有比这个更加公平的映射了

允许万物披光而来

也允许黑暗偷偷潜入

给狰狞的以狰狞

和善的也报以和善

远近、长短、平面、多维度

你有什么样的面目

空镜子都怀抱慈悲之心

全部接纳

谜语

田里的一片葵花金黄

他们有结实的金黄脸庞

他们执着于追赶太阳

他们发誓要把太阳点亮

凝心聚力，整齐划一

什么时候转头，他们不挑时辰

没有前置条件

只有笑容可掬，只有给予

不需要爱与不爱的追问

笑脸就是一张谜面

你可以故意把谜底猜错

在金黄色的幸福里

长久沉醉

如拥有一个从不凋谢的

太阳

一个女儿

凌晨四点，她把自己的皮卡车叫醒

物资装车，油布盖好，绳子系紧

她钻进白色车头

踩离合，挂挡，松手刹

动作麻利，她不像一个女人

转弯处，路上落满山上滚下的碎石

刹车，挂挡，拉手刹

开门下车，徒手清理碎石

她不像一个女人

两百多公里山路蜿蜒

她在山上，在时间里奔跑

代购、义务驾驶、流动核酸采样

按预定时间送样本、药

她不像一个女人

给乡亲们送物资的时候

给田坎上的老人递盐的时候

腼腆一笑的时候

她是一个女儿

蜜饯葡萄酒

酿在瓶子里的八月，轻易不能倒出来
如酿在心里的一个人
倒出来的瓶会空，容易破碎
我愿意四月酿的蜜，去换你八月酿的酒
吮着蜜饯守口如瓶
这一片土地弥散九分果香，一分酒意
那个在星夜里种葡萄的人
弯着腰牵引藤条上岸
他提着楠竹筐子
漏下千万颗紫色的星星
因此，而吹进你心里夏天的风
也是甜的

割草

草地再一次打开

割草机吞下阳光和鸟鸣

和半截草头

青草紧紧贴着地面，芳香

这是青草最矮的一刻

矮到捧不住虫吟

矮到泥土响起水声

矮到割草的人，握不住他们

沃土家园

天空干净明澈

燃烧的云没有灰烬

纵火的人心中抱有爱意

把烟火丢向白云

把绚烂丢向人间

我们的高原是一座村庄

高原，不是一种地形

我说的高原是一座村庄

是一个信仰

海拔当然也算高

白云的根种在泥土里

他们是高原上散的羊群

傍晚提着马灯沿着小路回家

彩霞怀抱柔软温暖

夜空里星星通体透明

照出乌鸦的黑

如一群行走的石头

闭口不言

小小的水洼里，眼睛

隆起绵延的山丘

拉起一条刀背

到亲人居住的地方

黑马和黄狗很晚很晚都没有回家

无论多晚，他们都认得路

引窝蛋

鸟儿坐在树上，缄口不言

树叶子中间亮着几粒小小的疑惑

玉米棒子从植株上剥离

从父亲背篓里跳下来

一根根金黄在院子里滚

女儿取下玉米棒子上的胡须

地上筑一个鸟窝

褐色，圆软没有棱角

她捡一颗卵圆的小石头放进鸟窝

这颗发着光的引窝蛋

它将引导鸟儿回到温暖的家

女儿蹲下的身子，小心翼翼

她整理鸟窝也轻手轻脚

仿佛马上要诞生

一个羽毛柔软的孩子

有许多的云都是在春天种下土的

我在白云下面

寻找白云的根

这多年生的草本植物

是天空里自由荡漾的水草

我知道,这么多的云白

都是春天下土

洁白的根埋进黑色的泥土

以泥为食,以水为命

找到深藏的水源,溯河而下

拥抱路过的每一棵植物

亲吻遇见的每一只昆虫

逆引力沿着阳光攀爬

在天空里繁衍

它们悠游江湖怡然自得

根藏得隐蔽

无处可寻,又无所不在

黑色月亮

表姑父的手被油漆漆过
他的右边衣服和鞋子
都是被油漆漆过的

他在漆树上割出月亮刀口
小片漆树叶子去柄，插入月亮尖
这是一条最古老的引流沟渠
竹漆筒绑在叶子下方
月是新月，吐出树脂气息
流下眼泪，一滴一滴清澈地滚下
隔天，他取走一个湖泊
漆树上长出黑色月亮

有时候，表姑父给人刷家具
多数的时候，他刷一口口寿材
漆黑、锃亮、光影可鉴
把田野里失落的一枚枚黑色月亮
绗缝成黑色的天空
仿佛他这一生都在割月亮
又被月亮割走

在海拔 1800 米的高山

太山庙的海拔，值得一提再提
1800 能让 200 踮着脚仰望
这样的海拔上，薄的雾霭是富余的
雾霭里的茫茫雪国是纯净的
以及茫茫雪国拨慢一圈的时刻
是不易察觉的
像是在梦境和非梦境中游离
这样的高山上，拔节生长的日子短
车前草、艾蒿、野菊和一些草本植物
囤积更长的时间生长
墨竹、黑松和一些木本植物
不在乎生长脚步的缓慢
他们专注于将肌体结实
在物竞天择的法则里
他们肌体里有着强大的钝感力
一如这里长起来的人们

致夕光

暖色调的夕光把天空填满

把植物向西的部分照暖

植物的呼吸慢下来

河流的起伏趋于平稳

傍晚村庄的许多事物渐渐歇息下来

母亲还在苞谷地里

夕光照亮她的背，她依然忙碌

她早上也是披着这样的光出去的

现在她背上的光更重了

压得她的脊背更弯了一些

于是，这些光顺着脊背渐渐地滑下去

滴进泥土收敛不见

但是，她仍然弯着腰

似乎还在逐字逐句翻译土地

我叫她，她应一声

多叫她几次，她才背着一身月色

转身回来

黑松

未及冬天，石灰窑下了一场雪

一场寂寞的白

孤冷，不合时宜

一棵松站在这场白的中间

他的黑也是这样

孤冷，不合时宜

我是这样如一个亲历者

和一个旁观者一样

认真地感受这样清冷和单一色的场景

辽阔的白不让物体有自己的影子

极致的冷，冻结快乐、苦楚

和一切可以感知外物的神经元

一棵黑松站在雪地里用劲

努力在辽阔的白国里保持一颗心的温热

保持自己的黑

幸福却忽如春风而至

他的体内藏着半截春天

四野宁静、纯粹但没有危险

他能够听见自己，呼吸轰鸣

露珠

有许多个月亮从黑夜里冒出来
用一片叶子当作滑滑梯
柳叶、巴茅、兰草或者夜来香
包括许许多多植物的叶子
滑至叶尖就顺势抓住
再荡会儿秋千

叶子静止的时候
这些月亮明晃晃地吊着手
仰头望着天上的月亮
这像是母体又似乎是映射
他们同有半圆或者满圆的球体
他们都认得昨夜的星辰和物语
夜晚都披着蓝色的光

太阳升起的时候
他们都沉默着
带着夜晚的秘密
潜入下一个夜晚
或者，碎成无数个
小月亮

她健美的部分托举白色的光

但是，我就是热爱雪啊
在我的石灰窑
我的雪国和温柔的原乡
门口的梧桐断了一臂
她健美的部分托举白色的光
而隐蔽的部分是黑
被咽进胃里咀嚼得疼

长毛狗去雪地上撵一串脚印
它刚出发，狗窝为他留着热
兔子凭借一身白，傲慢
我喜欢后面屋檐下的雪地
雪地上的音符
箭头或梅花，将要启幕的音乐前奏

小小的木房子里，一枚完整的卵安静地躺着
如果是在锅里，则会升起两个金黄色的太阳
慰藉肠胃，一个美好的上午
没有危险，没有外敌入侵
这美好的早晨，应该与良人共度

瓦楞边缘吊一排冰凌棍儿

不怕风吹

他们跟我一样

喜欢在石灰窑窝冬

石灰窑的雪

我不止一次地想念石灰窑的雪
如一只南飞的大雁想念北方的春天
我是在一场梦里
躺在石灰窑黑色的泥土里想你
拽住一棵茅草尾巴
爬上三月初腴的花蕾
在墙根一朵晚开的芙蓉下
揉碎月的光，想你

落在石灰窑的雪
曾经铺开我驰骋的疆域
收藏我狭窄童年的辽阔梦想
落在石灰窑的雪
在大雁的翅膀底下融化
飞越过千层叠浪的青山秀水
化为心底经过眼眸蒸腾而上的雾气
纷纷落满我的睫毛

桃自故乡来

几个蜜桃自故乡出发
从那个叫石灰窑的村庄
从一棵桃树下出发
在一个灰蓝色布袋里
他们挨挨挤挤，搀扶着彼此
一步一步从深山往外走
翻山越岭走口岸
最终向我抵达

我敞开袋子，释放出石灰窑的春天
我知道万亩太阳照料过的春天羞涩
三寸深的甜蜜必由细细的绒毛包裹
春天吻别的植物留有春风的唇印
被松软泥土里潜伏的石子咬出牙痕
拳头大的果子里珍藏着
石灰窑最珍贵的水源

望桃成果，催桃成熟的眼神
也跟着走口岸了
母亲提着空桶站在桃树下

现在，她守着一棵空桃树

我在柔软的袋子里汲水

喝下一杯桃沁的故乡

唐菖蒲

母亲托人带给我半开的一束菖蒲

他们从海拔 1 800 米的石灰窑来这里

先得在这里适应炎热的气候

好在我们都是来自家乡的孩子

根须埋在家乡

肉身在新的瓶子里安放

这需要深重的呼吸适应异乡的风气

当一个白色或者黑色的瓶子

敞开口子并喝上半肚子水

然后说，"好啦，既来之则安之"

好半天

她们才缓过神来

一条中药味的清江

睡在大伯簸箕里的一棵党参

是客居在石灰窑山林里的清江

天空中除却云和鸟

水是愿意跋涉的又一种

落到田坎上的

如庄稼一样被圈养的

与一爿鱼腥结成邻居

白白胖胖没有药味

山上的瘦小，脾气大

一年生的没有支流

三年生的慢慢有了参形

开始流出细密的支流

一条河以一棵党参的形态

在石灰窑的山上扎根

毛细支流里流淌着药味

到山上转一圈

他们从乌铁一样的岩石的窝里刨出来

像蛇一样缠住楸树根

大伯在簸箕里搓捻

仿佛搓捻一条河

故乡被一场雪覆盖

那时候小，村庄小，世界也小
世界的尽头是石灰窑大街
季节分明，四季的三分之一都是下雪
大雪盖住小小村庄
屋里是暖巢，外面是世界
世界是这冷落雪野围困的阳光岛屿
煤油灯光微弱照出巨影
柴火把洗脚水烧开
把夜晚烧掉一半
另外一半夜晚用来做梦
把不同的世界放在梦里
把梦的世界叫作理想

一朵花开放了
世界变大了，村庄还是小
天气预报说石灰窑大雪
故乡在一场雪里变白
照成床前的明月光
明月光里的世界没有尽头
只有石灰窑短旧的大街

在异乡团圆

在温暖的屋里吃一桌年夜饭
但是，多少年不在石灰窑过年了呢
雪花在天空中飞
这些雪已经落在了四十年前的石灰窑
落在一个少女远行前的每个冬天
他们在此找不到立足之地
这个村庄叫另外一个名字
有人在一个不叫石灰窑的村子里发呆
一个名字在客居者的身子里发酵

石灰窑海拔 1680 米那么高
埋在心里 8000 米那么深
天空每下一次雪
要把心底的这个村庄翻出来
轻呵一口气，擦拭一遍

在茫茫雪原里辨认
一片来自故乡的雪花
每当那样的雪花从天空飞下来
就与一个名字有一次团圆

故乡潜入身体

说起故乡

一个人把走过的路溯洄一遍

倒带过去翻找旧的影像

出海打鱼的人总要游回去

在故乡之外

故乡潜入一个人的身体

时间久一点就像扎根的荆棘

这是一个人犯的慢性疾病

越来越严重了，一生都丢不掉的养身疾

天空中飘来的花粉

落在脸上、身上，让人过敏

是远方流过来的一股电流

击中一个人的胸膛

有时候，是飞到身上的蚊子

出其不意咬人一口

让人发痒

流亡

三月份的时候启程

而漂泊开始的时日或许更早

一只长脚的箱子

换洗衣物、充电器、几本旧书

一片空了心的皮囊

一个故园

故乡是夜里挡风的一件薄外套

客居他乡的夜躺上床

一朵花站在软装的墙上

细密针脚勾边的花虚着心

金属的尖角已经将她挤薄

在既定的空间里自乱阵脚

她被隐匿的部分

在坚硬的城市流亡

嫁接

一根蜜桃枝条茁壮
半米柔嫩，饱满小蕾
剪刀伸过去，拦腰截断
乌亮小斧头上上下下
修出楔形截面

一棵樱花老树小切口
蜜桃嫩枝斜入
保鲜膜包扎
但是，切肤之痛过后还剩母性
一口含着这外来的孩子
以身体乳汁抚养

桃枝懵懂无知
认樱做母，有奶便是娘
骨肉割舍的疼痛当时难耐
切肤之疼痛，疼得隐忍
这些终将过去
等过一个春天，她定然捧给你蜜桃

比对

从洪山广场到汉正街

一双从石灰窑长起来的脚

丈量这陌生的街区

建筑物、泥土、草木和虫鸟

这些事物纷纷撞击我的眼睛

意识深处没有一帧重合的影音

马路上落下烟火气的尘埃一次次卷起

而这里的茉莉花香是陌生的

一段灯火里显露的喜悦也是陌生的

一个人在一片街区里挖掘

在一缕花香里翻找故乡

和故乡人骨头里的气味

而街上人烟稀少

屋宇与广场辽阔

身体里携着故乡四处游荡

一个人走的时候，故乡会在身体里游荡

四处都是危险

楼宇、灯霓，起伏跌宕的马路牙子

这些都伸出钩子把故乡碎片往外掏

而在公园门口，门卫拦着说

哪里来的？请出示你的出入证

偷花贼

公路旁边一块土地

无遮挡、向阳、肥沃

适合种花

母亲就在那里栽了绣球

绣球被人连根拔起的那天

母亲午饭都不吃

在栽过绣球的窝子旁流连不回

她心里无限恨，自言自语

"可恶的贼，叶子都不留一片"

她又宽慰自己

"还好，偷花贼总算是个爱花的人"

她把家门口的绣球又移栽到那里

已经不在意别人再挖走绣球了

她心里种下的绣球

不怕人来偷

海棠

一米多高的坎，贫瘠陡峭
他砌了保护墙，坎改缓
寻了蓬松肥沃的泥土换上
移一棵海棠植进去
施肥，天天浇水
有事没事望两回
春天，海棠放出花苞
他一会儿走过去两三回
弯下腰去偏着头看
像伸出一把锄头去掘一座宝藏
有时候他背着手站在那里看
似乎要看着花蕾慢慢向他打开
想起小时候，我还在襁褓
他大概也是这样的眼神看着我
看我什么时候睡醒
然后对他笑一笑
叫他爸爸

犁田

大哥两只手推着犁田机在田里来来回回

一块块带皮的黑土被机器翻起来

翻完一行掉头再开始另一行

突突突，突突突……

这声音响了一上午后仍然力量饱满

犁铧从土里翻起来，光滑锃亮

如同潜伏的特工翻找一份档案

不遗余力发现对方致命情报

多年前姑父叼着烟袋

他穿着深筒胶靴，一只手扶着犁铧

一只手拿着细竹条

老耕牛扛着犁铧慢吞吞地走

姑父拿细竹条狠狠抽，耕牛"哞"一声

还是走得极慢

仿佛有着不为外人道的苦衷

被胁迫着去翻别人的秘密

或者去翻一块已经结痂的伤疤

故乡的雨落在异乡的山

天空飘来一片云

他们向我递来雷声

大雨倾盆

所有的雨都来自同一个方向

我曾经从那里启程

只有那里的雨

足够把一颗心淋湿

在一场雨里泅渡，返程

多少人仅揣着一颗种子出走

而飘成一片积雨云

落在了异乡的山

规矩

城内的水面多数时候是平的
许多相似的桥横在河上
桥面车流穿梭，人流如织
绿化带里的花草赔着小心站着
一树三角梅立在路边
鲜艳，孤芳自赏

桥面繁华
热闹也孤寂
也容易想起泥土里长出桥的村庄
桥面不平，水面也不平
桥面不直，水也不直
走在桥上的人却是直的
花开在路边，也开在山上
草长得不规矩，花也不规矩

城里的路面宽阔，若不小心
走路会撞着人
村庄里小路窄，若不小心
走路会撞着花草

在红绿灯路口
规规矩矩等待绿灯亮
这个乡里的野孩子
到了城市，终于学会了
城里的规矩

认亲

然而，我就是这样的乡巴佬啊

土里土气

穿粗布衣服，滚口布鞋

冬季的时候烧柴火取暖

用柴火煮水做饭

用炕熏烤腊肉

吃苞谷饭，喝合渣汤

说石灰窑方言

把所有海拔 1 680 米的高山当作故乡

认所有知道石灰窑这个村子的人

为亲人

乡巴佬

父亲从故乡来

带来腊肉和青菜

烟火气潜伏在袋子里尾随而来

老蜗牛趁机进了城

父亲从青菜上扒下老蜗牛说

我们都是乡巴佬呢

这个乡巴佬

他头上下了零星小雪

淘金

像所有的淘金都是隐蔽活动

整个村子除了我们，蛙声都渐渐熄灭了

星星也开始慢慢地隐去

五亩田的白烟叶子还挤在二楼

堆得高的那些摞堆不时瘫倒

父母亲不约而同望一眼，不理会

他们翻开每一片叶子

在这一屋的烟叶子里面淘金

他们小心翼翼，每一片叶子里

都藏着学杂费和日常开销

母亲把一摞烟叶叠在膝盖上

大片头的烟叶捋直

右手拿着破茎小刀快速划过烟叶主筋

左手拿走已划好的叶片

她手脚麻利，规律又有节奏感

破茎小刀划过烟叶的声音有同样的节奏

如同流水线的机器，尖叫着，划破夜空

立秋后

秋天悄咪咪地潜伏

总有一些事物会软下来

植物、果实，还有一些句子

天空飘的雨，细、软

蝉鸣和蛙声柔软

红红绿绿的颜色柔软

包裹着种子的果肉柔软

院子里的月光柔软

轻轻盖着红辣椒、柿子和菊花

秋风也是

叶子在秋风身上蹭

回故乡，是一个立秋后才开始流行的语式

对一个翅膀坚硬飞出故乡的人

轻而易举被秋天裸露的黑色软化

立秋

错过一个路口倒回来

这样循环一次进入对的路口

错过一个季节只能跟着时序往前走

立秋，把所有夏天的事物往秋天里拽

已经把一些拽进了泥土

一些被拽进尘埃和永久的黑暗

蝉鸣渐渐隐退了

银杏树叶子的绿色也隐退了一小部分

想着母亲这时候大概在收辣椒了

她种的许多白菜也该收了

我刚起的一个念头，转眼找不着了

想必也是被立秋

拽进秋天

又一次蹚入秋天

听见秋声作响

秋水在果实里面沸腾

鸟鸣里面渐有月色

秋的音质明亮

麋鹿披上金黄色绒毛

场坝上晒的小颗粒安静

田野大方地亮出全部

橙色

门口有鸟鸣经过

坡上板栗树涌起波涛

金色的海洋起风了

父亲倚在门框，船长一般

驾驶眼神在跌宕的波涛上巡航

山的背面升腾起紫色的霞

夜晚的梦始于金黄色的漩涡

哦，秋天

又在梦里，再一次蹚入

金色的秋天

秋雨

秋天藏起她的月亮
植物的颜色收归于泥土
叶子的忧愁铺满田野
白菜白，黄豆黄

绵绵秋雨不绝
母亲冒着雨收黄豆
就如到了晚上
要把在外面疯玩了一天的孩子
接回家
细雨打湿母亲的衣裳
她丝毫不理会

回家的时候，她在路边弯下腰
春天种的菊花，大朵大朵
摊在地上
母亲把她们扶起
一朵，一朵

在林荫小道上

两排香樟树的中间横着马路
但他们握住彼此的手
指缝间漏下跳动的小星星

通往体育场和公寓的小道也通向图书馆
铃声响起，四面八方的小星星涌动
这条通往星辰大海
幸福，充满弹性和张力

太阳在每一片叶子表面洒下雪
在每一片叶子背面凿一座楼阁
在一棵松上面种出一片森林

豢养在书页里的白马长出翅膀
蛰伏在笔尖的文字淌成河流
这样天空更蓝，更安宁
我，和小星星共享这幸福

傍晚时刻

西边的山口吞下一柄太阳
云彩也下去了
一首诗从一棵玉兰树流出来
试图唤醒张着薄翼的蝉
花朵盛着晚霞
教室里发出金色的鸟鸣
以这锋利的鸣叫挖掘出口
开凿一条幸福的道路

也有低沉的鸣叫声
越过足球场越过我
傍晚，玉兰向路过之人倾倒月色
以一支铃声为界
林荫路上开始长出脚步
一些地方开始涨潮
在夕阳滑进夜色的那个时刻
我希望是，一双眼睛离开黑板
接住日落时遗落的灰烬

蝉蜕

一袭金缕玉衣

挂在榕树博物馆

想象这里曾经装了一个

血肉饱满的灵魂

这是一件功勋卓著的战袍

如同一件古董被自然供奉

蛰伏了几度春秋岁月

饱饮风雨朝露

褪掉一件短旧的盔甲

一截旧肉体获得新生

经历过几个夏天

就经历过几个轮回

如今在这一棵或者另一棵树

擂鼓呼喊，歌唱生命

这一生短暂

曾经的战袍是一种昭示

镌刻在自然的博物馆

鸟语

夕阳还没有完全隐退的时候

新月不知道什么时候已经冒出来

但此时月色恰恰

手掌大小的爱巢安放一枚新月就刚好

夕阳的温热还在归巢

归巢是一种幸福的牵引归途如虹

飞翔的轨迹写出一行鸟语

我说，亲爱的

请用月色清洗一遍你的翅膀

子夜牧歌

梦境里原野辽阔，牧草丰美

牛羊星星点点如星辰撒落

毡房夜宿爱人，也宿有陌生朋友

与刚结识的人歃血为酒

舌尖留着咀嚼过的青稞余味

踮足舞蹈，身姿轻盈

从心里翻出牧歌

冬不拉的尾音拨旺熊熊篝火

一袭白纱由南往北

自江南水乡的幽境迁徙而来

草原辽阔，水草淹没腰身

无可遁形的游鱼在草色里隐匿

如果我是草原的使者

许我幻云行走

许我牧歌果腹

许我绿色缰绳天际纵马

摘星为子置棋一局

幸福

我们都在追赶太阳的路途中回家
我从没有像现在一样
长时间看着一块云
他们有时候平移
有时候翻滚，多半时候悄无声息
他们都朝向太阳跑去了
这些云在追赶太阳的过程中
点火燃烧自己
这是幸福的献词
回家的人都能够看见彩霞
我们都在追赶太阳的路途
回家

火烧云

爱晚霞的人爱追问答案
是谁在天边纵火，烧云成霞
是什么样的动机
为何开始一场没有线索的预谋
天空干净明澈
燃烧的云没有灰烬
纵火的人心中抱有爱意
把烟火丢向白云
把绚烂丢向人间

傍晚书

说起夏天傍晚

山顶天边，傍晚夕光磅礴

天空的大色块是明兰

明暗边界模糊

随之渐色块淡淡浅下去

天空会把洁白的云朵弄丢

剩下绚霞丰艳，有时长出羽毛

有时候生出鱼鳞

翅膀和兽面

多数时候，搭建一幢梦想楼阁

夜晚的底色有魔幻吸附力

绚丽色彩和云

终被深钻蓝的夜晚消解

也是这样轻而易举

消解一个傍晚

月照亮归途

很晚回家，月亮照我归途

眼里这枚月亮圆、亮，些许微黄

也清澈

习惯性拿手机留影

隔着屏幕看月亮

手机镜头里的月亮也圆

但亮是模糊的

微黄也是模糊的

我抬头看月亮

月亮圆、亮、微黄

清澈明朗

如好整以暇地向我提问

"你认识的许多事物，都是真的面目吗？"

这多年前的白玉盘

曾经与人对酒

照亮二十四桥的夜

洒满西楼照玉人

长久以来，我们习惯读书、听歌、赏画

或者隔着一层屏幕，道听途说

如水的凉意浇向我

这一枚照我归途的月

也照亮我

修行

此时还是有白云在药王庙前流连

药王庙有时候有人烧香

有时候有人拜菩萨

有时候空着

虔诚的人有一炷香的时辰

抱着一颗心与菩萨接近

烧香的时候

脸比心离菩萨更近

这一山白云在药王庙流连

她们从来不进庙

不会焚纸烧香

双手合十磕长头

她们只会给树荫凉

给庄稼雨滴

锄头

如果说这太阳刚升起来的早晨

是一种虚妄

中午还没有落下去的月亮也是

那这些虚妄的事物也包括

这横成排竖成行站在地里的卷心菜

躺在坟里头的亲人

一把锄头只有在挥舞的时候不是虚妄的

顶着铁质的头脑闯荡江湖

遇见害怕之物时闭眼睛

以结实之躯深入林立杂草

把蝈蝈的鸣叫挖出来

火红的千足之虫

沿着逼仄的洞口钻

掏出盘踞洞内冰冷的蛇

铁器于是泛着冰寒

让早上这些虚妄之物

幻化成实在的气象

耳背

母亲对父亲说
走吧，我们看花去
唐菖蒲已经有六种颜色了
父亲说，是的，功夫不负有心人

走吧，牵牛花开出一种稀有色
父亲说，真的呢！留种子明年种

母亲说，走吧！我们种菜去
前天和昨天每天都种过一畦
今天再种一畦
整个冬天都够吃了
父亲就跟着母亲去种菜

吃饭的时候母亲大声说
喝酒伤胃
然而说了好几遍
父亲都没有听见

春夜喜雨

微风应自云上来

轻柔不扰细杨柳

杨柳青青的新色还在褓褓

丝丝春雨飘扬花田

春夜只能浅睡

梦也是梨花带雨

桃花拂面不寒杨柳烟

是无数片柔绿喝不够夜露

星子掩上云纱

在春夜享有安静的夜晚

树木

我知道站立是一种姿势
卧着，或者成为锯木灰
是一种状态
输送水到空气的沟渠
曾经是一粒种子
连接天空和大地的导线
一颗头朝下挖掘水源的铁钉
木质的骨骼选择了一条水路
一根柱子、一张桌面、柴火
或者一根深深埋藏的乌木
前路杳杳，身世成谜
不知道身后事几何
无论如何，在湛蓝的天空下
就这样站着
就好

与一棵树的关系

站立，那时候是在山林里

横卧着，是作为木质桌面伸过来

怀抱着木质素心

没有阴谋论和杀伐战争

我没有试过与一棵树对峙

也没有试过与一棵树依偎

而如今我就在你的身边

有着异香潜伏的诱惑

或对坐，或倚靠

而拥抱是不可能了

当握住你的我的手变得温暖

像是回到太阳普照的山林

拥抱一个生长的真身

拥抱着如此灿烂的生活

等到我变老

变得愿意舍弃肉身

你再一次长久地

拥抱我

星空下

这里的星空与夜有关
与云有关
与花有关，更与你有关
比如潮湿的眸子爬到云上
再爬到星子上
比如捧着一颗种子露营
种在花草间的种子成为花草
种在田野的种子融进田野
种在海里的种子游弋

在花间种星星，会发芽
种在夜空里，就会发亮
我是在云上种花草的人
等着你举着镰刀
来收割

晨曦初起时

对于来路，我已经记忆模糊
重要的是，我喜欢这样的花园
我想象自己是泥质的
淬火过后是一尊陶
好像又不是
我大概是玉身
有坚硬和清晰的前世今生

晨曦初起时刻
世界先我一步，亮起来
我爱身后这一束追光
如月亮举着火把
照亮我记忆里的来路

那时月亮

花间不是那时花间
月亮不是那时的月亮
也是那时月亮
那时月亮白玉盘
照孤寂人独酌无味

也是那时月亮
酒是桃花新酿
云上花间的月亮
乘云而来，牵云而舞
玉照白衣霓裳
那与人对酒的月亮
醉倒，在云上花间

高粱红了

强大的事物总有弱点
蓬勃的绿色有漏洞
能让植物改旗易帜的
怕是只有秋天

秋天早早放出风声
秋色悄么声地潜入
时间不明，方位不明
也许是在绿色波浪翻滚的时候
也许是在植物埋头汲水的时候

高粱是最容易被策反的植物
先是一穗、两穗
像一枚火种遇到泼油的干柴
继而就蔓延了一片高粱地
燃烧起红彤彤的火焰
像举起火红的旗帜
宣告秋天的胜利

剪影

老房子外面
我在夕阳和老房子之间
夕阳俨然老房子的主人
她进过每一个房间
窗台边的物件
她一一抚摸过并磨砺至陈旧
她有对襁褓的记忆
有对人间烟火的怀想

很长很长的时间
老房子的房间里空无一人
此刻，夕阳把我的影子钉在墙上
对这个长期不在之人以惩罚
夕阳的余热把我向里推
像是奶奶见到我回来
轻轻地拥我进屋

日出点亮一片高原

太阳从夜晚回来

把所有的事物一一点亮

先是大阳坡的头顶亮起来

这是村子里最高的山

对于太阳的馈赠毫不讲客气

接着就是余伯娘的洋姜田

大片金黄色的洋姜花亮出火焰

接着就是蒋伯娘家的房子，大伯的坟

再接着就是大哥的白勒烟田

余伯娘和宇哥哥的房子

当我们家的玉米地和白菜园子被点亮的时候

太阳露出正脸

妈妈脊背的全部也跟着

亮了

从而，一整块高原都亮起来

白鹭及其倒影

许多倦怠的事物凸显出来
白鹭及白鹭倒影的湖面是倦怠的
湖面拾级而上的树林是倦怠的
仿佛万物都必经的
繁盛以后渐渐颓败的过程
那时候我们坐在湖边
皮肤柔软富有弹性
眼神溢出青春荷尔蒙
血管流淌着离弦的张力

那时候，我们需要
以倦怠的假象压制奔腾之心
白鹭掠过天空的时候
白羽毛落入两片湖
仿佛那是假象
对应这倦怠的倒影

昨天去哪儿了

瘦成风，漏走
如面朝太阳，身后之剪影
是今天不可触摸的暗面
昨天去哪儿了
丢失时间的人在时间里迷茫
我们曾经获得爱一样拥有时间
时间是一根绳索吗
串联着一天一天
那绳索之端点在哪里
又拽在谁手

我和昨天一起在秋天走失
昨天的昨天是一轮月亮
走失在枯槁的石井
如果一只木桶的上下求索是一种意向
遗留下来的绳索必定指向一种幸福
今天的昨天我已不记得了
明天的昨天也将抛弃昨天的一切
所幸今天还有一块温热的背面
想到这，就会泪流满面

萤火虫

傍晚树下
一丛萤火虫各自提着灯火
如背井离乡的人，用方言问候彼此
想着离开石灰窑已很久很久了
每一个关于石灰窑的消息
都是黑夜里发光的萤火虫
仿佛每个萤火虫都握着家乡宝藏的一块碎片
所有碎片团圆就意味着地图完整
就能找出完整正确的归途
想到小时候这同样时刻的傍晚
于是我在树下驻足
仿佛在族谱里找到与我共通的部分
让这一丛萤火虫变得可亲
迷路的人就要找到回家的路

太阳在天空里保持完璧

中午去食堂

道路两旁香樟树伸出手臂

他们合力张着网

在天空中打捞太阳

大大小小的太阳在网里跳

我从广场北游到食堂

我和他们一起

也在香樟树布就的网里

有太阳撞着我

他们也被我迎面撞破

我有悲悯之心不让破碎一次的事物再破一次

于是侧过身，让他们归于圆满

所幸，那个太阳

是个漏网之鱼

潜在天空深海里

保持完璧

枯萎

树色枯萎，一同枯萎的
也有天空的蓝
河水在秋天瘦了
但是依旧绿

她试图抱着卵石的意念
比绿还多一点透明
希冀高出河床

她希望他还是打几个水漂
在水面跳几跳
激起水花，涟漪

石头落到心底
像种下的一粒
有因果的种子

小雪没有雪

一场雪正在赶来
在节气之外酝酿情绪
一条河流开始收缩自己
河面上浮萍幽幽
白鹭寂静地掠过时
如同流逝的青葱岁月
留下凝望浮萍般的空幻

想到这个小雪的雪未至
月亮还在一寸寸亏细
悲伤如浮萍一样停在河面
然而，我没有星子馈赠
桥上布列着栅栏，静默
夜空还有什么可以照亮
白衣天使在帐篷数着棉签
对岸灯火可亲

温度

对于温度、暖意或者寒凉

我仍然愿意求索这本真之义

万物有温，以度量

一条河的温度让鱼儿不被冻结

也不会让鱼儿变熟

每一种事物拥有不一样的温度

她不懂得温度的科学解释

当孩子哭起来

她会打开一张怀抱

我衔着一颗果子说不出话来

目光落在山尖

夕阳正缓缓沉下去

如同一颗果子滑向咽喉

和着颜色吞下去，一半是果色

在高空飞过，就有飞鸟之势

天空又空又寂又远

在云朵低垂的地方

隐藏着飞鸟的无法言说

空白才是被放逐的，秘密

我衔着一颗果子说不出话来

女儿情思

孔雀飞上梧桐

站在高枝上喊星星

无数星星纷纷亮起来

吐出心里的回声

如同春天一声呼唤

万物以生长回应

草木一秋

二伯把他的党参晒在筐里
将干未干的时候，用双手搓捻几次
葵花籽进簸箕
辣椒用麻绳串起来
小雏菊平铺在一块布上，占满一块屋顶
院子里的空地都铺着玉米棒子
他们都在太阳底下晒着

我想起很多年前，土烟叶被搓蔫巴
两根绳子交错成链吊着他们
奶奶坐在门槛上晒太阳，笑
她慈爱地看着爷爷的这些烟叶
小脚颤颤地走过去
双手用力，把每一片烟叶紧一次
仿佛这样
一手锁住了草木的一个秋天

最后的告别

又是一场不再见的告别
我第四次因这样的事情回石窑了
回一次我要疼一次

他拿着柴刀去坡上
柴火堆在屋檐下
他扛起芸豆站子① 和化肥
他给植物根部添土
大田里的苞谷苗子青了田

大儿子的房子建起来
小儿子的房子也建起来
他去给人砌墙
他把手艺传给儿子
他把两个女儿嫁出去
他流一条河，他分了支流
他在源头干涸了

---

① 站子：供藤本植物攀爬的木棍子。

表哥把头磕在地上，揉
一个称谓今后只有在泥巴里头去挖了
一束烟花腾到半空中爆开
他把一生过完
一段烟线弯弯曲曲站着，也即将消散

三叔点燃一串爆竹
"噼噼啪啪"，把族谱里的名字清点一遍
又有人缺席啊
至亲的人又少了一个

大姑父今天早上上山
表哥给他身上添土

阵地

母亲割了一整天苞谷梗子
傍晚她看着她们安静地靠墙站着
她的目光温暖橘黄
她的慈爱包围着她们
这是她一生的阵地

我欣欣然接到放学的女儿
一整天的空寂都丰满了
女儿上学一整天了
她早出晚归，当了一整天的学生
晚上回家
终于做回我的女儿了

阿笃

阿笃不认为自己是一匹马

她牵着我去狗槽湾，她把自己喂饱

她牵着我去驮煤炭

她黑色的脚蹄子踩住白色的雪

煤炭弄黑她身上的鬃毛

装煤的两只竹篓挂在她的背上

失衡的重，她深一脚浅一脚

重的一边，蹄子把雪踩薄

轻的一边，方向标出来

生活，装在筐子里，时轻时重

阿笃是一匹白色的马

不懂得生活

然而这样的担子，她不曾卸下来

野猪跑过苞谷田

二伯的苞谷田正绿得流油
二婶盘算着年底收成
傍晚时一群野猪跑过
就像跑在二伯的胸口
一脚一脚把他的心脏踏得稀碎
二婶做的饭，凉在桌子上

阳光退过二伯的竹林
退过那块跑过野猪的苞谷田
退过爷爷的坟
退过屋脊
退到黑夜里
二婶的眼睛在夜色里闪

容器

在万物休憩的秋天

地里的许多植物都将一一回收

母亲用簸箕、撮箕、竹筐子

还有许多瓶瓶罐罐

盛放从田野里回家的植物

哪怕是一颗还没有绿透就枯萎的辣椒

都能找到容身之器

凡有容量的容器，都有用武之地

包括被母亲用旧的方手帕

盛三十三颗牵牛花种子

月亮圆的时候

母亲光着脚，把她的腿蜷起来

整个身体都盛在椅子里

她喝着茶，眯着眼睛看我们摸秋

然后用她的两只布鞋

盛淡蓝色的月光

回声

物有音响必是回声

我在物与物之间探寻物象的关联

黑白琴键落下十只手指

鼓面落下一根鼓槌

一支曲子或急或缓地流出来

孔雀飞上梧桐

站在高枝上喊星星

无数星星纷纷亮起来

吐出心里的回声

如同春天一声呼唤

万物以生长回应

火烧云的天空

不知道哪里是起点
也没问何处是终极
我在你的广袤里
寻找千万条中的
一条
前方似乎有盏灯
身后留下一行脚印
歪歪斜斜

在你的广袤里
我是大雁
轻轻地彳亍着
如深夜一样沉默
静默里你沉稳地吐纳着
清晰而又坚韧
那个地名叫
南方

心中有块圣地
弓腰驼背的爹娘

古老而沉寂的田庄

清澈的小河欢快地吟唱

我在流浪的时候

回过头来

深深地深深地凝望

这块圣地叫故乡

天空啊，你——

依旧静默

深蓝的色彩指着一处

你的目标在远方

做真的诗人

学会流浪

在远方或者更远

怀想

打点行装远行

与时间一路为伴

我碰到了所谓的疯子

形容枯槁、憔悴

眼里有整个宇宙的

颓废

天空啊，听——

他的低语

曾经，我是个诗人
当月光爬满窗棂
举着酒樽
与月对饮
我听见
一树一树的梦
开放的声音

那些精致的字眼
是酒樽里的珍珠
晶莹剔透
我看见他们
从我的心中跳出
一串一串
在如水的月华里
组成诗的珠帘

我曾经是个诗人
面对残破的家园
梦里都是金戈
铁马的蹄印里踩出

气势雄浑的诗句
举旗、挥臂、呐喊
身后的千军万马
是章句里前进的字节

曾经我是个诗人
寻梦的途中
磨破了铁鞋
不停地困顿跋涉
氤氲了我的梦
把苦难与颓废写成诗
蒸腾的梦
便成了旋律在跳跃

灯红酒绿，纸醉金迷
诗魂丢了
不知在某个静寂的角落
找一把尖利的铁锹
掘一座坟墓
为空的躯壳
加些发酵粉
长出新的诗芽

土地冒着原始的气息

只有诗者愿意

匍匐在泥泞里耕耘

诗之殇

把经历绽放成花

挂在岁月的枝头

在梦的遥远天国里招摇

从烦嚣的尘世间逃遁

哽咽压成了石头

何处是诗者的归宿

在深杳的天空里

觅一个家园

就在历史的掌心里舞蹈

无数诗者喷薄出汪洋的鲜血

火烧云的天空

云蒸霞蔚

水晶航船

遥不可及的，岂止是天空与大海
是你在对面伸出，我无法握住的手
是搁浅在高原的水晶船
是需要一艘水晶航船载回海水与星星
好在这美好华年尚在
有足够的时光说远方和未来
好在你和我互为观照
对方的目光可以照亮和取暖

在时光里打坐
把海水坐枯，天空坐蓝
一生一世的誓言我已经许你
一步一行的前程我已装船
我已举起摇橹的双桨
没有水晶鞋的姑娘
等你披着星辉向我走来
等你握住我的手
驶出这艘水晶的航船

雨点落向古梅

雨水劈头盖脸地砸过来后歇下来
水流沿着树干滑入泥土
无非是又经历了一次雨水的冲刷
如同必须经历的一次次洗礼
在和脚下石头对峙的这许多年
这木质的身体更加坚硬了
如铁、如铜、如有一尊不朽的金身
仿佛长成一座千年古寺
锁着不为外人僭越的秘密
除非手持钥匙的人来到
如同春风向暖
消融内心的冰雪
开出梅花

一刻钟

如果依旧结绳记事
一条绳子打且仅打六十个结
衔首尾成环组成钟面
隐喻的四分之一长的刻度

我要从襁褓里爬起来
踏着泥泞赶到两百公里外的课堂
字面的四分之一
是大概两次铃声短促一点的间隙
我合上课本
视线放远，飞过山脉
字面再过一刻
正好是我怀抱着一只襁褓
手捧着一个全新的命运

我想，六十个结大概是不够用的
人生遇到许多人，那么多的故事
故事里那么复杂的情绪
对未来未知的些许恐惧和向往的矛盾之力
都把人生往这时间的刻度上赶

214   我得学会把自己摁回零和起点

让一些世故重新开始

让轮回过一次的刻度

生出新的深意

桥

他去地里挖红薯

锄头吃土很深

他费很大的力也没拉出来

惯性把他的身体往泥土里拉

把他弓形的身体拉变形

一把锄头，一张弓形的身体

筑起一座拱桥

多少年了，我踏着这座桥走出深山

我想象着

他无数次与土地这样拉扯

多少风雨飘摇的时刻

这座桥似乎永远不垮塌

承诺

母亲偏头疼多年了
她说，等收了庄稼就去
庄稼收了
她又说，等房子翻修了就去

那天她晕倒
CT 查出她的脑血管有栓
医生说，不要劳动了
以后少晒太阳
母亲郑重承诺，一定谨遵医嘱
谨遵医嘱

然而，当玉米地里微光初曦
她就戴着草帽出门去

秋天稻田

收割后的稻田，不再灌水
闲下来的稻田从秋天开始空着
稻子归仓，稻草结垛
零散的草渣子拢堆入牛圈
稻田里泥土软润，富有弹性
像丰腴的乳房
富足的养分还够养活一个婴孩
稻桩列队在稻田里安详如妇
卸下养儿育女的重担
依然愿意扎根在故土
留守

六月晚风

风不知从何而起

六月的晚风如六月

像暴君多一点

不明方向不知来意

把树的叶子掀翻，不怀好意地拖他们

六月的晚风不过是城市的拾荒者

揭开临时搭起来的活动顶棚

躬身去捡遗落在路上的塑料口袋

在垃圾桶里翻找

也不放过楼顶上半干的枕套

让一些轻浮之物都飞起来

又把废物抛却，让他们极速坠下

他刮起地面的尘土

刮起碎纸屑

然而，高空中的云朵翻滚他是刮不动的

他有时候吹斜自由落体的雨滴

越过人家的窗棂

留下一滩难看的水渍

路过你的爱

在便利店的门口
我差一点被一根铁链绊倒
铁链的尽头趴着一只橘猫
这世间的爱和宠溺
无非就是有条件或者无条件地给予
无非就是伸出手，阻挡袭来的暴风骤雨
或者浇灌她的梦想
你对一只橘猫的爱
无条件，没有索取
赐给她的，不求回报
果腹的食物是次要的
你给金色的火焰一座黑色的城堡
让一个以捕鼠为生的生命
在一根铁链的尽头
颐养天年

六月流动着绿意

我爱这世间的绿意
六月的绿热气腾腾
这世间的绿有千万种色阶
千万种不可定义的形态

六月的绿是液态的，流动
荡漾着明亮的眼神和星星
广阔无边的绿流动在广袤的人世间
流动在一匹马的嘴唇和健蹄之下
液态的绿流到一处
集结成块，挂在枝头
秋天的时候递出一轮一轮太阳
流动的绿结成蒙蒙的薄雾
笼罩一块灰色的石头
浸润他洁白的内心
而水底的绿是无法打捞的
流水一样动荡不安

我坚信，这世间有多宽的天空
就有多么辽阔的绿意

包括从山林子里吹过来的风

也有那么一点绿的

味道

日记本

16 开，黑面皮质

二十四行，一百多页

扉页留字一行，其余大片留白

包括空白的没有书写的部分

如未知的没有体验过的生活

接下来，记录很多重要的事

天气、心情，包括秘密

这足够开始一段新的人生

足够虚拟一个剧本

从一句箴言开始

我知道，开始意味着必然有一个结局

哪怕一个人的对白从内心里挖出来

刻进扉页变成象征性的呓语

然后，把仅有的那一句抠出来

或者连同扉页都撕下来呢

留白的部分是一个悲伤的隐喻

如同我爱你

这路遥马急的人间

汽笛声和喇叭声在各自的音轨里穿行

你从一辆车换乘到另一辆

离别不过是两条短信息

在不同的手机里穿梭

河堤上柳枝无人折取

咖啡半冷，茶面落浅

你来不及举起酒盏

来不及填一阕词，唱一首离歌

像雨前一阵急劲的风

你奔跑在这路遥马急的人间

种彩云的人

他们热爱

木本的、草本的

多年生的、一年生的

需要精心栽培的

泼皮无赖自由生长的

一切有生命力的植物

他们让庄稼在大田里自由呼吸

让花木在田边坎上绽放

向天空吐出白云

妈妈把绣球和唐菖蒲种在路旁

爸爸在水杉树旁种下一棵凌霄花

早晚给凌霄花浇水

仿佛他们又种下了一片彩云

以泥为生

村庄的属相为泥
村庄以泥为生

以泥为生的村庄才是村庄
以泥为生的村庄是巨大的怀抱
抱着许多的颜色
抱着山川青空，河流泥岸
抱着许多以泥土为生的事物
人们和我

以泥为生的人耕耘泥土
以血汗滋养泥土
以泥为生的人生而为泥
醒的时候抱着泥滚
梦的时候揣着泥睡
以泥为生的人啊
仿佛自己就是一团泥

致夏日

我是如此迫不及待地

追赶一个夏天

又对夏日的炙热心急如焚

我又矛盾地希冀夏日停留

许多事物从夏日出走

但是夏天的留白我也是喜欢的

对风的期待

对果实的想象

还有许多可以触摸的白

也是我热爱的

北极熊开得热烈

盛水的白瓷罐子耀眼

树叶子荡漾出白色的小星星

或者破碎的太阳

白云的白也是

我无法用一种语言

对夏日进行翻译

仿佛我的词穷是夏日的

另外一种白

脚背的流沙

在沙漠里探寻脚背与流沙的关系
跋涉的人脚板坚硬脚背柔软
流沙个体坚硬，群体柔软
踏沙而行，个体柔软弱小
群体强大坚硬
人流、沙流

流动是一种共通的语言
伸出的脚背，皮肤柔软
骨头坚硬
沙流柔软，随脚赋形
因为没有骨头
聚合也只能是一座
流动的沙丘

逆引力

玉米举着棒子汲水灌浆

包裹着颗粒渐渐饱满

树冠又增加一层新绿

孩子在院子里奔跑

比去年高了许多

楼房一层一层长起来

蒲公英老了

带着种子飞翔

他们对抗自己的身体

与引力搏斗

这些逆引力成长的事物

像是背负使命

以各种方式造自己的梯子

奋力向天空爬去

像一枚钻头在夜色里打井

热浪连同夜色里的许多事物

被夜色摁住

金色栾树冠把自己和手

伸进夜色里

烦闷的叶子靠得太紧

生出褥疮生出躁动

长出蝉鸣像一枚钻头在夜色里打井

一棵树在蝉鼓涌起的浪里泅溺

栾树的水沿着树冠爬进夜色

在生命还这样鼎沸的时刻

爬到最高处捧起月亮

清凉渐渐漏下来了

蝉鸣终究会渐渐地蒸发

但是，蝉鸣一晚上都没停下

仿佛她是一个丢失了自己的人

在流尽最后一滴水之前

站在自己出生之地

叫自己的魂

夏天树林

夏天潜伏在春天体内

潜伏在一截短袖里

纵火烧太阳，烧树上的鸟鸣

煮沸青蛙身体里的鼓

树和许多树一样的植物，失去睡眠

身子与身子碰撞

叶子彼此交换信物

贩卖秘密的乌鸦声飞过

他们形迹可疑，他们忙于交易

罪证落入溪水

溪水里鱼群被冲散

蝉振动它们的翅膀

八音盒放出音乐

我们唱起歌来

整个夏天都不曾停歇

他们

他们的快乐，从关上家门的时候开始

妻儿老小和家务都安好，在家门里面

一道门让他们放心

他们很晚都不睡

他们把鸟笼挂起来

把猫拴在柱子上

消夜，三五兄弟伙计围坐

猜拳，推杯换盏

吃肉、吐骨头、吐槽

他们喝下烈酒

用烈酒浇愁，煮他们胃里面的忧虑

他们忧虑国际局势

忧虑明天的新闻

昨天的醉态

倒序

我不想用一种叙述手法

嵌套两个生命耦合的传奇

如果欢喜，我将欢喜作为结局

要么，作为序曲也并非不可以

所谓倒序

不过是以结局为序章

序章为结局

以首为尾，以尾为首

不过是让旧事重提

以爱为引，勾起回忆

把云烟重新引燃

让火苗回到干柴垛子上去

如果倒序是爱情，重新来一遍就

再好不过

给定一个叙述手法

让我以现在为序

往回说起

练习

拍几下，篮球弹起来

越是用力，就弹得越高

我讲道理时，你弹起来的样子也是

你知道的，篮球要弹起来

就得用力多拍几下

拍过之后，是投篮

是用力将篮球托举起来

投向悬挂的篮筐

一颗球进入这预定的目的地

有无数个角度无数种弧线

到达不一样的路

有外力的干扰，桎梏或者诱惑

我们作为竞技场里的球员

一边对抗外力

一边奔跑，小心运球

不断托举着篮球寻找机会

努力送球进筐

打扫日子

睡觉至自然醒

人依然是懒散的

不关心外面热浪翻滚

不关心贫富差距

不关心南海局势

洗衣服、拖地、收拾房间

这样耗掉上午的光阴

美好的一天经得起这样慢慢消磨

午饭上桌，吃完刷碗，拖地

闲下来也为这流走的光阴惋惜

为虚度年华羞赧

而当女儿的笔在纸上游走

书页翻起一小片光

仿佛我这虚度的光阴

都是值得的

晚饭吃什么也不重要

刷碗是无法省略的

仿佛世界上的日子被家庭主妇

一遍一遍地打扫

从而洗刷得干净明亮

夜宵

女儿要吃夜宵
天然气点火，烧水
下面条，煮一碗面给她
她说，妈妈煮的面条真好吃

想起我小时候
秋天停电那次，我说饿了
母亲举着煤油灯
烧起一灶柴火
煮清汤面给我吃
如豆的灯火微微跳跃
照亮母亲
头发如被岁月的开水熬透了的面条
那么白

离岸

离别不一定是在水岸
在波涛汹涌和心潮起伏跌宕之处
柳枝从母体上折断
我听见春天破碎的声音落水
离岸的声音很轻，背影落寞
柳枝在手，在心里发芽生根

登船离去的，不只是背影
有我心里生出的脚步跟随
如果回眸，我们隔岸把盏
我们彼此微笑
却说不出，再见

傍晚熏风

霓虹灯旋转

射出斑斓之光

平坦的路上开出花朵

小孩子伸出手，抓一条深海鱼

残缺的鱼游走

继而开出朵朵莲花

小脚丫伸出去

一脚踩碎星光

鱼潜伏在清江河里

鱼腥味的风

打碎这虚妄的魅影

在这林荫的路上

眼花缭乱的幻影

如草丛里的白色塑料袋

那么突兀和多余

窗

金色蝴蝶飞来

热浪翻滚，我的窗紧闭

我要把热浪和热浪带来的烦闷关在窗外

一只蝴蝶飞过来

在窗外扇动它金色的翅膀

我打开窗口

它在窗棂上停下

我忽然觉得高兴起来

我为它打开一扇窗

它也为我打开了一扇窗

回归

凌晨，我看到所有的颜色都在回归

运动的物体有惯性

惯性让运动的物体惯于丢失

丢失能量、理性的判断和思维力

包括自母体里带来的

颜色

深沉的底色回到苍茫的夜

凌晨张开巨大的怀抱

让所有事物享有须臾的安静

白天不停运转的人，以及

按照轨道运行的那些事物

把自己摁到离心力和向心力相等的制衡点

身体里的疲惫回到疲惫的来处

鲜血又一次回归血管

像秋天收获过的田野

义无反顾地回到春天

母亲大海

我知道我爱你

这是为人母的必然

我想，我该是你的海啊

你要在海里航船

累了就靠，哪里都好

在海里游弋，蛙泳、蝶泳

潜泳、自由的泳，什么泳都好

你该是一朵、无数朵

总之是海里的浪

在沙滩玩腻总会回去的浪

然而，你也是制造暴风雨

和海啸的浪

书页紧闭

亮着的手机屏幕闪烁一次

即将刮起暴风骤雨

当手机屏幕熄灭，书页打开

危险渐渐过去

仿佛把我从深渊捞上来

把巨大的浪涛抚平

凌晨时分

城里不是安乐窝

城里有城里的暴风骤雨

多数是沉闷的阴天，冷雨霏霏

压抑的冷让人窒息

如被风暴袭击捶打

把最柔软的部分蹂躏

爬起来自己治愈

戴着枷锁修行的人啊

嚼着、吞着、被噎着的，都是苦味

在这城里，我不是归人

是倦客

是捧着一块玉奉香的人

在这里长跪不起

因许下的愿望太多而背负沉重的罪过

命运的签筒早已备好掉出的那一支

那么，在诸多发起的宏愿里面

我愿意再嚼这种无法吞咽

又无法吐出的苦

再一次

普度自己

调色

夏天的底色是糅合过的绿

母亲在春天的时候

忙着种他们

或用一把锄头把他们从黄土地里挖出来

卷心菜、玉米、大豆

各有所属之绿

夏天的画布要么是绿色

要么就是蓝色

母亲佝着腰拔卷心菜地的杂草

黄色的衣服盛开成向日葵

与牵牛和矢车菊一起

把山顶的那片天空染成霞

子夜渔歌

以梦为海泛舟而歌

波光粼粼而响

淡淡蓝色星宇辽阔

秋叶兰舟载满星辉渔火

路过一个人的梦境

宛若误入一片青青菏泽

画舫夜游倩影对坐

琉璃酒盏盛满佳人玉色

一首没有韵脚的诗句

星光荡漾无从落笔

海风骤起卷起漩涡

绰绰荷影碰落星子入水

藕粉花瓣锋利如剑

刻舟以记是为序

昨夜星辰只是梦里过客

许我开花藤蔓系扁舟

许我渔歌唱晚

许我与蝶双飞共舞

以梦为海载走渔歌

空桌子

夕阳红的时候，桌子摆出来
客人没有落座
桌子空着，椅子空着
桌子上的盘盘盏盏也空着
桌子有发亮的尽头
乳白色地毯一直铺到夕阳天空

酒盏里盛桃花酱酒的时候
晚霞盛满火红色的瞳孔
南来北往的人各怀愁绪
烈酒下喉
举杯邀月问青天

天使的最后一双翅膀
遗落人间，她没有折翼
她把完整的留给人间
凝视着这一面空桌子
她不是落座之人
她在等一个飞翔的灵魂

修图

办理出入证要上交登记照
没有，也不担心
举起手机自拍一张
手机自带美颜，十级磨皮
脸上山丘沟壑都被饰成平原
寸草不生，如孩童玩过的滑梯
然而蓝底是没有的
修图软件有蓝画笔
涂鸦蓝色背景如湛蓝天空
多少年了，这副面孔没有如此修过
我向办证人捧上登记照
蹩脚的修图太过明显
办证的人不耐烦
说，一看就是修的
也不好好修，就不担心摄像头无法识别
我怯懦地回答，我不担心摄像头认不出我
我只是担心我自己认不出自己

在人间

有人急匆匆赶路

有人心急如焚等车、人

车马也是风急火燎地赶去他的目的

靠在栅栏张望的女人

她焦急于路上某个赶来的人

这路遥马急的人间

急匆匆赶路的还有慢不下来的时光

晚霞和路灯都亮起来

然而，赶路的人

来不及抬头

处暑帖

蝉鸣终于在夏天薄弱的部分

撕开一道狭小的口子

于是在缺口处消隐了尖锐的声音

热浪和干旱还没有退却

一些金黄色和成熟的气息潜滋暗长

等到蝉鸣彻底鸣金收兵的时刻

溽热也该知秋而退了

在酷暑里的植物与动物

都已粮草不足，丢失水分

一些机能画上休止符

提前踏入秋天

如蝉潜入泥土蛰伏

酝酿下一次破土

舞者

舞池中心起舞

你是花海翩飞的蛱蝶

风在场外候着

有的在角落悄悄模仿

有的在暗处轻轻地抬脚

而有的人站在对面蠢蠢欲动

心里燃起一堆篝火

如随风奔跑

你举手投足或者摇动腰肢

是自由飞翔的鸟

衔着快乐的哨音

筑安乐的小巢

秋天问候一棵栾树

伸出金色手指

叩响秋天禁闭的南天门

金色的漩涡流进天空蓝色的海洋

头顶涌起来的波涛泛着温柔的蜜意

奏出琴声和百鸟和弦

又一个秋天长出来

许多关于收获、关于爱的喜悦长出来

甜蜜蓓蕾成熟

弥漫成熟的果味

蝉一个夏天都在用心酿醇酒

秋天问候一棵栾树

微风递过来微醺气息

暗含金色的醉意

旅途中孤独的生命

每个人都是按点开行的列车

在无尽的远处

终点悬挂在移动的终点

人生终是一场不停歇的孤旅

在路途中的生命

穷其一生向终点奔，带着青春

青春无尽的疑惑，与沸腾的血

赤脚踏过的铁轨

滚烫，映照着朝霞与落日

而身后的路程被青苔收藏

如一页写满挫败与辉煌的私密日记

在大地上向无尽深处

延展

被月亮灼伤

天气如果再持续热下去
我们就要丢失鄱阳湖了
盛水的罐子干涸
再也装不住整个月亮
留存的月光也一层一层涣散
凹凸不平的罐底被月亮灼伤
对于窃水之贼，我们日夜警惕
害怕他们再一次
纵火抢夺我们的家园

干涸的土地、陶罐
我、九月开的花
仍然在等一场雨
等载满清水的云朵赶来
浇灌鲜花盛开的山岗
喂养挂在母亲眼睑上的果实
洁白羊群收起自己的铃铛
用身上的洁白指引另一些白，前来团聚
引来一枚月亮
再一次将我们灼伤

浅秋音乐会

植物压住潮汐

太阳发出的声音也变得暗哑

夜幕中舞台空旷

河面静谧，乐器开始鼓起来

靡靡之音破弦而出

高音从腹腔底部掏出来

悠扬的余音绕过崎岖之路

越过虚掩的洞府

把最好的声音交给人间

横卧在静谧的庭院里

像用腹部的声音盥洗

凹凸不平的夜色

"爱恨就在一瞬间"

当你拉出歌词

京腔里载着长长的尾音

如面对着匍匐跳动的心律

做一个傲视天下的王

一条河呈现弯曲的走向

"一个人无法同时踏入两条河流"
我看到的这条河是无数条河的河
这条河也已不是我看到的河
隐匿到背后
深入到土地腹部的那一部分
喂养植物和植物上汲水的
果蝇和仓鼠
一条河，背负沉重的使命
在山林和原野彳亍而行
不问是匍匐还是升腾
一条河的真身
呈现弯曲的走向
如同必须历经万般苦难
到达圣地取得真经
然后揣着一颗虔诚之心
奔流到海

紫玉兰树下

傍晚的太阳还是很炙热

仿佛初秋仍然喂养着凶猛老虎

我躲进玉兰树下

花已落尽，归于根

卵状树叶如千叶扁舟停在离港

她们站在树上剪太阳

地上落满太阳碎片

这些边角料，我是无法捡拾的

如我无法捡拾的离歌

和悲伤的小情绪

包括那时青山起伏跌宕的剪影

我等太阳收起锋芒

如果她不打扫这片狼藉

夜晚会收拾好这一切

也许我们都是自顾不暇的孩子

需要黑夜蒙上疲惫的眼睑

火红半圆被远山吞下喉

我起身回去，一只鸟从树上飞走

我们都没有说话

致亲爱

我从未对你说起的想念
是明月挂在天空的无言
是深夜的辗转反侧
是隔分隔秒对班级群的翻看
是对有关你信息的打探

我不说想念
因为想念太深
从腹部爬上来的路程太远
是立在脑海的多米诺骨牌
如果推倒，我怕碰翻
藏在那眼窝子后面的盐

对你的想念，我从未说起
但你一定能听见
如同大海从未停歇过的波澜

白露的露正在密谋一场冬天的雪

"露从今夜白"

白露之露就开始发白

如一道咒语

庄稼纷纷收拾回乡的行李

等待收割的列车到站

秋风温暖的尾音里怀有恶意

她们正在密谋一场冬天的雪

密谋把有色的许多事物漂白

露珠在草尖踉跄

方寸立足之处飘摇不定

犹如不能回乡的游子

把一颗心托运回乡

空荡荡的身子

在草木间飘摇

一棵枫树的春天

在这辽阔的秋色里

她的红色就是赤裸裸的招摇

像一颗包裹着欲望的炸弹

要把隐匿于秋天里的原罪爆破

然而她徒劳无功

她的原罪爆破在广袤的原野

她无功而返

只好站着，抬手遮蔽秋风

她要把绿色的根伸出来

填补天空的白

美好的事物都会以不同的方式隐匿

晚睡，做完一个梦后醒来
月光冷白，灯光暖和
两种光交缠着，挤进房间
路灯下清扫的身影单薄

垃圾箱里的旧物和废品已经装上车
污渍有深浅不一的渍线涂出
至垃圾桶外很远
她穿着黄色马甲，细致清扫
铲子把地皮刮响
在空空的夜里拉出长长的尾音
声音飞来刮我的耳膜
如同利刃剜一个人黑色的记忆
刮去记忆的梦不可再续
所有美好的事物都会以不同的方式隐匿
夜色渐渐淡下
念着梵语的清道夫心意虔诚
清扫布满污渍的尘世

求剑

梦境深海里养着溺水之鱼

很多的情绪由梦表达

在幽境筑一座玻璃池塘

池塘水浅

水草裸露着稀薄的根须

如同这稀薄的记忆

溺水之鱼困在海里

我在水里等木舟开来

等他投下宝剑

没有刻舟

没有泄露出剑气

溺水的鱼吞剑而去

仿佛这些虚妄之物

都因一场水事而起

我知道，头顶悬着剑气

而溺水之人不让

身体被水打湿

月光阙

城市点起战火

森林和草原火势蔓延

疫情让一个一个城市静默

有的蓄谋已久，有的突然袭击

这些人为的以及自然之火

把人们推进深渊

太阳底下卑微的人们

用隐忍的心灵咀嚼这些

苦难的日子

八月十五递出一枚月亮

圆满的月亮捧出慈爱

用温暖的目光

抚慰这个仓促的人世间

自草尖上出发

在柔软的植物里迂回

从泥土里挖出隐匿的文字

田野里月光起伏

在凹陷的地方安放肉体

凸显的部位酿造情绪

星辉明媚的夜晚

一座觥筹交错的伊甸园

金黄色的麦子伸出

思念故乡的麦芒吟出

银白色的诗句

海上月光涌动

潮湿的围岸张开双臂

拥抱撞碎的星星

披着光的波浪涌向无涯

发黄的卷轴里有星辰滑落

昨夜西风自凋落的碧树丛中赶来

扁舟不知已经启程多久

送别的人一直都没有离开

夜色建造了千年不朽宫阙

心怀离情的人在此

供奉长满明月的断句

像那被迫远离家乡的人

夜深人静的时候，月光拖着行李流浪

轮毂的声音碾碎夜色

沿途要经过一个又一个月台

总有离别的月亮别在胸口

每走一步都是

迈向圆满

辨别

在虚妄的句子里

笑容可掬

世界有可亲的人

黑暗里潜伏着危险

剑刃从暗处刺来无影无形

一层层悄悄剥落防御

我们对隐匿的危险毫无察觉

习惯于对坚硬之物心怀戒备

对柔软的事物丢盔弃甲

温情脉脉让人迷醉

诱我陷入丰盈的错觉

对这突如其来的幸福感

我也必须保持长久的虚空

为一颗婴孩之心留余地

对于疼痛保持缄默

面对善意，双手合十

毛玻璃

一定是晚上，只能是晚上
在我没有注视着的时候
这毛玻璃立在水面上
我无法确认他长自水里还是山脚
在这毛玻璃构建的世界里
群山还是披着黛墨外衣
他隐匿了许多事物
水色是朦胧的
许多的事物也被朦胧遮蔽
我无法确认毛玻璃背后的
那洁白，是一片云
还是白鹭和她的倒影
无法确认那鲜红的
是果实，还是跳动的心
连这片毛玻璃也是我无法确认的
如这样一个早上
我无法确认一只白鹭落下的羽毛
无法确认前夜迷蒙的梦境
以及这玻璃一般的
虚妄

梧桐秋声

绵绵细雨还没有来临
操场边的法国梧桐
星星点点亮了几盏橙红的灯
照亮一顶树冠
绿色奏响尾音
渐次开始朱颜辞镜

雨滴撞到枯萎落叶的时候
如同敲一个木鱼
这棵树涌动着暗流
即将靠近第一重危险
秋声涛涛地起来了
危险郑重其事地降临
昔日繁华统统卸下
生命的狼藉落满一地
暴风骤雨正在赶来

世界上最大的勇气是
明知道人生路途布满艰辛
摇摇晃晃地前行

而唯一可抱憾的是
明明落得如此近了
却无法归根

有人与丢失的部分团圆

比预定时间晚睡
就有一片睡眠流失
就有梦境里的人
耽误了到达的时辰

我错过了时空交错的列车
黑色给我的黑色眼睛
我用来寻找去往你梦境的路
黑夜里没有可以问路的人
有梦可去的人，已离开
同迷茫的人摸黑找自己的出口
于是我无法开口问路
陌生的答案可能会错

有人在黑夜里寻找丢失的部分
有人在黑夜与丢失的部分团圆
我想，你也是一个迷路之人
我们，穷其一生都在不断丢失和寻找
我已经饱尝过
这样的欢喜和失意

灯熄，黑夜获得圆满

我黑色眼眸是夜色的一部分

别把眼睛关上

不让两片小小黑夜流浪

不让黑夜丢失这已得的圆满

黑夜再次载着既得的幸福

去往幽深的梦境

有抱憾之人空欢喜

容器

冬天总是这样，薄情
厚重的阴冷欺压万物
把许多鲜活的事物圈养起来

这样一个中午，我窝在椅子里
一汪水窝在我的杯子里
菊花窝在这一汪水里
懒散的、迷惘的情绪
包括，要对你说的
似是而非地窝在心里

享用这狭小和幸福的时刻
和冬天驱赶过来的这样的小世界
不用打开门
一朵花驮我赶往春天

后 记

一山一风骨，一水一境界。

没有人见山只是山，见水只是水。生于大山的孩子更爱山水，爱山脚下小路蜿蜒，农舍恬然；爱枫林红染，秋意满眼；爱薄雾流岚，彩云布满天空；爱落日里剪影，星月熠熠生辉；爱流水无意，波纹托举落花向远；爱山水有关的万物，以及万物激荡起的内心的涟漪……

万物可爱。我常常中午的时候四处游荡，那个时候很多人都在午休，此时人迹稀少而草木恣肆，或晴或雨，或雪或霜，四季四时的草木各有姿态，意趣各异。如遇花枝盈盈，于是流连半天，忘物忘志，涌起小小心动，想着自己或许是这其中的一棵呢……心中的灵感如波如鱼游向我，我小心收藏它们，经年累月，结集成为《翡翠山河》，就像土地小心翼翼地捡拾秋天的每一片叶子。

《翡翠山河》诗稿过审之后，编辑老师建议我给这本集子写个后记，这让我油然生出了一种仪式感，就像以《翡翠山河》为证，给不惑年之前的自己开具一份"我思故我在"的"存在证"。笛卡尔的"思"，是哲学体系中的认识论，是"哲思"。我思，充其量是日常生活中的一点小心思，与笛卡尔所说的思有着云泥之别，而唯一共通之处在于能够成为思维运转的确证。

《翡翠山河》能够出版，总感觉有一种赶鸭子上架的感觉，这并非因为写诗的过程不认真，也并非对待《翡翠山河》的出版不用心，而是因为我并没有预设有朝一日一定得出本诗集的目标，也没有笔耕不辍，只是随心的琐记。我不知道真正的诗人如何写诗。有人说，一个人写诗，要么他爱，要么他想被爱，爱人、爱物、爱大千世界。由此而论，真正的诗人大概是基于爱与感悟，笔耕不辍、精雕细琢，达到"两句三年得，一吟泪双流"的境界，从这个意义上来讲，我并不认为《翡翠山河》能称之为真正的诗集。

　　我固执地认为，写诗是生活中另一种形式的小确幸，是一个树洞，是藏着秘密的神秘花园，是魔法盒子，是绝美的洞窟，是编织了迤逦心事的桃源仙境……我不认为自己能写出高质量的诗，因此，我既遗憾又庆幸的是，没有把写诗当作职业和事业。

　　一花一世界，一叶一菩提。虽无笛卡尔般的哲思，但始终相信，草木并非草木，天空不止是天空，河流不仅仅向远方流淌。

　　日常生活中的诗意，无以为食宿，无以为炊饮，唯保持心灵的潮湿尔，是以为记。

田　娟

2024 年 8 月 28 日